JN075500

マドンナメイト文庫

義母とその妹 むっちり熟女の童貞仕置き

星名ヒカリ

目次

contents

義母とその妹 むっちり熟女の童貞仕置き

第一章　美熟女の蒸れむれショーツ

1

「孝ちゃん、泳ぎましょ」

美しい義母の呼びかけに、津崎孝太郎《つざきこうたろう》は肩を竦《すく》めてはにかんだ。

父の龍一《りゅういち》は仕事の疲れが出たのか、カクテル一杯で酩酊してしまい、ビーチチェアで爆睡している。

「でも、ぼく……カナヅチだから」

「教えてあげるわ、さ、早く」

気乗りはしないが、手を摑《つか》まれ、少年は仕方なくチェアから腰を上げた。

気恥ずかしさとうれしさが入り混じり、なんとも複雑な気持ちだ。

父が紗栄子《さえこ》と再婚したのはひと月前のことで、家族の親睦を深めるために二泊三日の予定でリゾート地を訪れた。

夏休みの最中ということもあり、ホテルのプールは家族連れで賑《にぎ》わっている。

彼らの目から、自分たちはどう映っているのだろう。

親子か、それとも歳の離れた姉と弟か。

(母親と息子だと思われてるわけ……ないよな)

童顔の少年は苦笑し、周囲の目から逃れるように俯いた。

紗栄子は三十四歳とは思えぬほど若々しく、十四歳の孝太郎とは二十も離れている。

龍一は五十二歳のため、父、姉、弟と見られても不思議はないか。

(こんなお母さん……いるわけないし)

彼女は紺色の地味なワンピース水着を着用しているが、豊満な乳房が前方にドンと突きだし、たわわなヒップを包みこむ布地は今にもはち切れそうだった。

ウエストが括《くび》れているため、流麗なS字を描くボディラインが大人の女性の色気と魅力を放つ。

胸が妖しくざわつき、水着の下で男の分身がひりついた。

孝太郎が精通を迎えたのは半年前のことで、それ以来、獣じみた性欲に苛《さいな》まれていた。インターネットのアダルトサイトを閲覧しては自慰行為で欲望を発散し、ときには五回連続で放出したこともある。

自分は病気ではないか、性的な異常者ではないかと本気で悩んだものだ。

それでも朝から晩まで女の裸体が頭に浮かび、テレビに出演するアイドルを目にしただけでペニスが反応した。

孝太郎は一流の進学校に通っているが、この状況で勉強に集中できるはずもなく、二年に進級してからは学業成績が下がりつづけている。

共学の学校に入学していたら、冗談ではなく、女子生徒に襲いかかっていたかもしれない。

これではいけないと思い悩むなか、再婚相手として父から紗栄子を紹介されたときはどれほどの衝撃を受けたことだろう。

艶々のストレートロングの黒髪、美しい弧を描く細眉にぱっちりした目、すっきりした鼻梁にふっくらした唇。やや面長の美貌に見とれ、スーツ越しでもはっきりわかるグラマラスな肢体に度肝を抜かれた。

まさにエロスの象徴としか思えず、生真面目な父のハートを射止めたのも理解できたし、結婚に反対する気など少しも起きなかった。

孝太郎は実母を二年前に亡くし、寂しさこそ感じていたが、紗栄子に母親の面影はとても見いだせない。

ひとつ屋根の下に暮らしはじめてから、少年のすべての関心は新しい継母に向けられ、オナニーの回数も以前より増えた気がする。

(おっぱいや、お尻ばかりじゃないんだよな)

量感をたっぷりたたえた太腿も彼女の大きな魅力のひとつで、腰の位置が高く、長い足と相まって絶妙なバランス感を誇るのだ。

「さ、入りましょ」

「う、うん」

内腿の柔肉がふるふると震え、少年は目のやり場に困った。

水着姿で欲情するわけにはいかず、視線を逸《そ》らして水の中に入る。

「泳ぎ方、教えてあげるわ。手を繋《つな》いで」

「え、いや、恥ずかしいよ……小さな子供じゃないし」

「そんなこと言ってたら、いつまで経っても泳げないわよ。さ、早く」

紗栄子がゆっくり近づき、くっきりした胸の谷間にドキリとした。

孝太郎の身長は一六〇センチしかなく、彼女は十センチ近くも高いため、いやでも目に入ってしまうのだ。

(す、すごいや)

柔らかそうな乳肌がふるんと揺れるたびに、熱い血流が海綿体になだれこんだ。牡の肉が水着の中でムクムクと頭をもたげ、睾丸の中の樹液がうねりだす。

「さあ、手を出して」

「……あ」

豊満なバストが胸に合わさり、むっちりした太腿が股間の頂《いただき》を軽くつついた。想像以上の弾力感にハッとし、青白い性電流が脊髄を這いのぼる。

慌てて腰を引いたものの、ペニスはフル勃起し、羞恥から全身の血が逆流した。

(や、やばい、チ×チン勃起してるの……バレちゃったかな?)

こわごわ様子をうかがうも、紗栄子の様子に特別な変化は見られない。

孝太郎はしなやかな手を自ら握り、言われるがまま水に身を浮かせた。

「足を交互に動かして……そう、そうよ」

足をバタつかせれば、美熟女はゆっくりあとずさり、自然と身体は前に進む。

(よかった、勃起は気づかれなかったみたい)

ホッとしたとたん、再びよこしまな思いが込みあげた。

水着のフロントが大きなテントを張り、このままではプールからあがれない。

「あ、あの……」

「ん、何？」

性欲を無理にでも抑えこもうと、孝太郎は以前から抱いていた疑問を投げかけた。

「父さんの……どこがよくて結婚を決めたの？」

紗栄子ほどの美女なら、同年代の男性からアプローチがいくらでもあったはずだ。

十八という年齢差を考えれば、やはり釈然としない。

父は穏やかな性格で包容力もあり、今は亡き祖父から宝飾関係の会社と都内の一等地にある持ちビルと高級マンションを受け継いだ。

津崎一家は、マンションの最上階にある最も広い部屋に住んでいるのだ。

もしかすると、うちの財産が目当てで結婚したのではないか。

不安げに仰ぎ見ると、紗栄子はさもうれしげな笑みをたたえて答えた。

「お父さん、とても優しいでしょ？」

「……うん」

「私が宝飾デザイナーとしてお父さんの会社に出入りしているとき、とてもよくしてもらったの。それから食事に何度か誘われて、この人と結婚したいなと思うようになったのよ」

「そ、そう」

「でね、あなたのお母さんの三回忌のあと、プロポーズされたの……すごくうれしかったわ」

「もっと早く結婚したいと思える人は……いなかったの？」

「私の両親ね、十年前に事故で亡くなったときに多額の借金を遺《のこ》して、保険金だけじゃ足りなかったの。借金を返すことに必死で、結婚なんて考えられなかったわ」

美しい面立ちに影が差し、とんでもない質問をしてしまったと後悔する。

孝太郎は目を伏せ、泣きそうな顔で謝罪した。

「ご、ごめんなさい、変なこと聞いちゃって」

「ふふっ、いいのよ。お父さんは素敵だし、孝ちゃんみたいにかわいい息子ができたんだもの」

美しい義母は柔らかい眼差しを向け、白い歯をこぼす。彼女は父のことを心の底から愛し、無理をせずに少しずつ母親になろうとしているのだ。

その相手を、性の対象として見ている自分が恥ずかしい。

紗栄子の顔を直視できなくなり、水に顔を沈めると、肉づきのいい下腹部が目に入った。

（……あ）

悩ましいＶゾーンと、むちむちの太腿に胸が高鳴る。

反省の気持ちは、どこへやら。少年の初々しい欲望は、鎮《しず》まる気配をまったく見せなかった。

2

大食堂で豪勢な夕食に舌鼓《したつづみ》を打ったあと、父はそのままマッサージを受けにいき、孝太郎と紗栄子は部屋に戻った。

美熟女と二人だけの空間はまだぎこちなく、すぐさま広縁に突き進み、窓を開けて麓の夜景を一望する。

高原地の爽やかな風は心地いいが、身体はいまだに火照ったままだ。

家族旅行が二日目を迎えたところで、悶々とした気持ちはピークに達していた。

（一昨日の夜、一回出しといたのに……はあっ）

浴衣越しの股間を見下ろせば、ペニスは半勃ち状態を維持したまま、堪えきれぬ射精欲求に溜め息をつく。

若い精力は、たった二日のあいだに大量の樹液を精巣にチャージさせた。昼間の紗栄子の水着姿も影響しているのか、頭を掻きむしりたくなるほどの淫情だ。

「孝ちゃん、お風呂に入ったら？」

「あ、ん……お腹がきついから、もう少し夜風に当たってる。紗栄子さん、先に入っていいよ」

初対面のときから、孝太郎は紗栄子のことを下の名前で呼んでいる。いつかは、「お母さん」と言える日が来るのだろうか。

「そう、わかったわ」

美熟女はにっこり笑い、バッグの前でしゃがみこんで中を手探った。

丸々としたヒップが浴衣の生地を張りつめさせ、まろやかな膨らみに目が釘づけになる。

(あ、あ……やっぱり……すごいお尻)

牡の象徴が、条件反射とばかりに反り返った。

股間の中心を拳で押しつけても、獰猛《どうもう》な性欲は少しも怯まない。

こちらの心の内など知るよしもなく、紗栄子はタオルを手に涼しげな表情で奥のドアに歩み寄る。

この部屋はスイートルームで、露天の内風呂がついているのだ。

「じゃ、先に入らせてもらうわね」

「あ、ど、どうぞ……ごゆっくり」

浴室のドアが閉められ、一人きりになると、すかさず少年の目つきが変わった。

今、彼女は脱衣場で浴衣と下着を脱いでいるはずだ。

ふくよかな裸体を妄想し、知らずしらずのうちに生唾を飲みこむ。籐《とう》椅子から腰を上げたとたん、パンツの下のペニスが痛みを覚えるほど突っ張った。

生の巨乳と巨尻を目にしたいという欲望が脳裏を支配し、いてもたってもいられない。一度火のついた情動は止められず、孝太郎は摺《す》り足で浴室に向かった。

ドアに片耳を押し当てて様子をうかがえば、微かな物音が聞こえてくる。

ロングヘアを、アップにまとめているのだろうか。

やがて露天に通じる戸を開ける音が聞こえ、心臓が張り裂けんばかりに高鳴った。

(ど、どうする？)

引き戸は上半分が磨りガラスになっており、全裸を確認できたとしても、ぼんやりとしか見えないはずだ。

それでも性的な好奇心は膨らみつづけ、ペニスがムズムズしだす。

覗き見を気づかれたときのリスクはわかっていたが、少年の理性はすでに忘却の彼方《かなた》に吹き飛んでいた。

ドアを薄目に開ければ、脱衣場に紗栄子の姿はなく、浴槽からカコンと木桶の音が響く。緊張のあまり、今は唾すら飲みこめない。

（とりあえずは匍匐《ほふく》前進で行ったほうが……あっ⁉）

腰を沈めた直後、孝太郎は驚きに目を剝いた。

強い力で閉めた反動からか、引き戸が一センチほど開いていたのである。

（う、嘘でしょ？　マジっ⁉）

これは、神様が与えてくれた幸運なのではないか。

都合のいい思いこみに狂喜し、扉を開けて脱衣場に忍びこむ。

もはや中止する気はさらさらなく、孝太郎は四つん這いの体勢から引き戸に向かって突き進んだ。

息を潜め、わずかな隙間に目を近づける。

（おっ、おっ、おおっ！）

紗栄子は背を向けて腰を落とし、木桶で掬《すく》った源泉を肩からかけ流していた。

マンドリンを思わせる曲線美に目を充血させ、鼻の穴を目いっぱい拡げる。

すべすべの白い肌がしっとり濡れ、なまめかしい光沢を放つと、あまりの妖艶美に男根が極限までいきり勃った。

熟女がゆっくり立ちあがり、今度は括れたウエストと長いおみ足のコラボレーションに色めき立つ。

（す、すごいプロポーション）

結婚前はスポーツクラブに通い、今は自宅マンションの地下にある、住人だけが使用できるジムで汗を流しているらしい。

巨尻にもかかわらず、全体が上を向いているのは日頃の精進《しょうじん》の賜物だろう。

孝太郎は早くも鼻息を荒らげ、疼く分身を片手でギュッと握りしめた。

先走りの汁が溢れているのか、下着の裏地が粘つくも、もちろんそんなことは気にしていられない。

どっしりした桃尻が今、数メートル先でさらけだされているのだ。

重量感溢れるヒップの迫力は予想を上まわり、少年はあのお尻に押しつぶされてみたいと思った。

顔に乗せられたシーンを想像しただけで、睾丸の中の精液が沸々と煮え滾《たぎ》る。

紗栄子はしばし前方の景色を眺めたあと、半身の体勢から入浴していった。

（あ、ああっ、お、おっぱいだぁ！）

大きな釣り鐘状の乳房がぶるんと揺れ、桜色の乳暈《にゅううん》と乳頭に目が奪われる。形崩れも見られず、まさに甘汁溢れるという表現がぴったりの美乳だ。

（あ、あのおっぱいに顔を埋めたら、どんなに気持ちがいいんだろ？）

淫らな妄想は尽きることなく、次から次へと頭の中を駆け巡った。

幸いにも、彼女は顔を反対側に向けている。

夜空に輝く満天の星に、麓の街明かりを一望できる素晴らしい風景。都会の喧騒とはかけ離れた静謐《せいひつ》な空間に、心の底から浸っているようだ。

露天風呂は浴槽もタイルも総檜《ひのき》造りで、情緒溢れる風情《ふぜい》を漂わせているが、もちろん少年の目には入っていなかった。

紗栄子は湯船に肩まで浸かり、ホッと小さな吐息をこぼす。

源泉は濁り湯のため、残念ながらグラマラスボディは拝めない。

（あぁ、ちくしょう……真正面から見たいなぁ）

孝太郎は隙間から目を外し、引き戸の脇の壁にもたれてひと息ついた。

（どうしよう……肝心なところは、まだ見てないんだよな）

身体の前面は風呂からあがるときに確認できるはずだが、それだけ覗き見がバレるリスクも高まる。

ここで満足し、ヒップと真横から見たバストをおかずにオナニーするべきか。

（でも、こんなチャンス、二度とあるかはわからないし……）

苦悩するなか、孝太郎の視線が脱衣籠の中にとまった。

浴衣の下には、替えと使用済みのショーツが置かれているはずだ。

（さ、紗栄子さんが……ずっと穿いてたパンティ）

欲望の炎が燃えあがり、勃起がパンツの下で小躍りする。

美熟女の分身を手にするのは簡単だが、紗栄子が下着の紛失に気づかないはずはなく、どう考えても持ちだすのは不可能だった。

脱衣場でオナニーするわけにもいかず、どうすればいいのか。

首をひねった瞬間、あるアイデアが閃《ひらめ》く。

（ま、待てよ……昨日穿いたパンティが、バッグの中に入ってるんじゃないか!?）

清潔な女性なら毎日穿き替えるはずで、紗栄子が下着を洗濯した様子はなかった。

緊張から喉が干《ひ》あがり、そわそわと落ち着きなく肩を揺する。

（や、やるんだ……紗栄子さんのパンティを……見るんだ）

意を決して腰を上げようとした刹那、湯船からあがる音が聞こえ、孝太郎は男の性《さが》とばかりに戸の隙間を覗きこんだ。

（あ、あっ!?）

一糸まとわぬ女体を正面から捉えるも、湯煙が秘めやかなゾーンを覆い隠す。

（く、くそっ、よく見えない！）

思わず身を乗りだした瞬間、戸に額をぶつけ、一瞬にして心臓が凍りついた。

慌てて身を隠し、息を殺して様子を見守る。

（や、やばい……気づかれたかな？）

背筋を冷や汗が伝うも、彼女の耳には入らなかったのか、すぐさま洗い場から水を出す音が聞こえてきた。

どうやら紗栄子は身体を洗いはじめたらしく、最大の危機は回避したらしい。

安堵した少年は再び四つん這いになり、息せき切って部屋に戻った。

3

(時間は……大丈夫だな)

父はマッサージを一時間で予約し、まだ二十分ほどしか経っていない。

紗栄子は洗体している最中で、風呂からあがるにはまだ時間がかかるだろう。

孝太郎はポケットティッシュを手に取るや、熟女のバッグに突き進み、ファスナーを開けて中を手探った。

(どこだ？　どこにある？)

血眼《ちまなこ》になって、替えの服や化粧道具、小さなポーチに手鏡を掻き分ける。やがてベージュ色のビニールケースが目に入り、少年は口の中に溜まった唾を飲みこんだ。

ケースをそっと取りだし、震える指でジッパーを開く。

とたんに甘酸っぱい匂いが香り立ち、大いなる期待に胸が高鳴った。

中を覗きこむと、折りたたまれたストレッチレースの布地にドキリとする。

(パ、パンティだっ⁉)

ペールブルーの色合いが目に優しく、派手さこそないが、性的な昂奮は少しも収まらない。少年は神々《こうごう》しい輝きを放つショーツをつまみ、慎重に引っ張りだした。

生地がはらりとほどけ、下着の形状が露《あらわ》になる。

「あ、あ……す、すげえや」

ビキニショーツは布地面積が少なく、サイドやバックは紐のように細い。

フロントの三角布地は全体にバラの刺繡《ししゅう》が施され、高級感漂うセクシーランジェリーに感嘆の溜め息がこぼれた。

（やけに小さく見えるけど、あの大きなお尻を……包みこめるのかな？）

素朴な疑問が脳裏をよぎるも、のんびり構えている暇はなく、さっそく悩ましい下着に鼻を近づける。

香水を振りかけているのか、ラベンダーの香りに混じり、汗の匂いが仄《ほの》かに香る。

昨日は観光地を回ったため、美熟女の体臭と汗はたっぷり吸っているはずだ。

（し、湿ってる！）

船底に指を添えれば、湿り気を感じ、孝太郎は目をらんらんと輝かせた。

そのまま指を押しあげ、クロッチを剝きだしにさせる。

「あ、ああっ！」

細い裏地には、ハート形のグレーのシミがくっきりスタンプされていた。

中心部にはストレートラインの黄ばみが走り、ところどころに粘液の乾いたような跡が見て取れる。

美しい大人の女性でも、下着をこれほど汚すのだ。驚きに目を見張るも、淫らな刻印に身が震え、ペニスの芯がズキズキ疼いた。

浴衣の裾をたくしあげ、ブリーフを脱ぎ下ろして怒張をさらけだす。そして数枚のティッシュを脇に置き、オナニーの準備を整えた。

本来ならトイレに駆けこみたいのだが、それでは紗栄子が風呂からあがったときの気配が伝わらず、すぐにショーツをバッグに戻せない。

(はあはあ……ここで……やるしかないんだ)

孝太郎は目を吊りあげ、荒い息を吐きながら布地の汚れに鼻を近づけた。

柑橘系の芳香に続き、ツンとした刺激臭が鼻腔を突く。

(こ、これが紗栄子さんの匂い……ここに、おマ×コが押し当てられてたんだ)

今度は鼻面を密着させ、ナチュラルチーズにも似た乳酪臭を犬のようにクンクン嗅ぎまくった。

(あぁ……すごいや)

決して香気とは言い難《がた》いのに、なぜこんなにも心を掻き乱すのだろう。

ショーツから香る恥臭は、麻薬さながら脳幹を麻痺させる。シミに沿って舌を這わせれば、ピリリとした刺激が走り、唾液に溶けだした分泌液がより濃厚な媚臭を放った。

己《おのれ》の欲望をぶつけているうちに、紗栄子の女肉を直接舐《ねぶ》っている気分になる。

ふたつの肉玉は早くも吊りあがり、放出願望が自制心を根こそぎなぎ倒した。

この至福の時間を、延々と味わっていたい。できることなら、セクシーランジェリーを直穿《じかば》きしてみたい。

至極当然の思いを抱いたものの、いつまでも愉悦に浸っている暇はなかった。

今にも、紗栄子が風呂からあがってくるかもしれないのだ。

(あ、あ、もうちょっとだけ我慢したいけど……これ以上は……耐えられないよ)

胴体には青筋がびっしり浮かび、熱い脈を打ちつづけている。

もしかすると、ペニスに触れただけでイッてしまうかもしれない。肛門括約筋を引き締めたものの、堪える自信はなく、孝太郎はやるせない顔で唇を歪めた。

(そ、そうだ！　どうせ射精するなら!!)

あるアイデアを思いつき、一転して満面の笑みを浮かべる。

少年は迷うことなく、鼻から離したショーツをビンビンの肉幹に巻きつかせた。

4

「ああ、いい湯だわ。景色も素晴らしいし」

心地いいそよ風を受けながら、紗栄子は手で掬った源泉を腕に摺りこんだ。

子持ちの男性との結婚は不安もあったが、夫は優しく、息子は素直でかわいい。

二泊三日の家族旅行も充実しており、結婚してよかったと心の底から思った。

親の借金を返したあとは宝飾デザイナーを目指し、資産家の男性との出逢いは夢だった自分の店を持つ可能性を広げた。

仕事はもちろん、これからは妻としても母としてもがんばらなければ……。

ひとつだけ不満があるとすれば、夫婦の営みが物足りないことだろうか。

(五十二歳という年齢を考えれば、仕方ないのかも……)

龍一はもともと淡白な性格のようで、愛撫にはさほどの時間をかけず、挿入しても五分足らずで果ててしまう。

交際期間中の愛情表現は豊かだったが、仕事が忙しいせいもあるのかもしれない。

二週間に一回の交情では満足できず、熟れた肉体が性的な欲求を訴える。

乳房はパンパンに張りつめ、そっと触れただけでも乳頭がしこった。

（……やだわ）

はしたない反応に戸惑うも、やがて女の中心部までひりつきだす。

孝太郎がいなければ、龍一にたっぷり愛してもらうのだが、義理の息子が眠る横で求めるわけにはいかない。

（そういえば……）

ふと、プール内の出来事が頭を掠めた。

もしかすると、太腿に触れた硬い感触は股間の膨らみだったのではないか。

（顔が赤いのは恥ずかしいからだと思ったけど、昂奮してたんじゃ……まさかね）

孝太郎は中学二年だが、童顔と小柄な容姿はまだ子供にしか見えない。三十路を過ぎた義理の母親に欲情するとは、とても考えられなかった。

「あ……」

今度は脱衣場のほうから聞こえてきた物音を思いだし、出入り口に訝《いぶか》しみの視線を向ける。目を凝らして見つめると、引き戸が微かに開いている気がした。

（う、嘘でしょ？）

てっきり風の音だと思ったのだが、孝太郎が覗き見していたのか。

紗栄子はすかさず湯船からあがり、身を屈《かが》めて出入り口に歩み寄った。

（やっぱり……ちょっとだけ開いてるわ）

胸が重苦しくなり、顔がカッと熱くなる。いや、見るからに真面目そうな少年が覗き見などという破廉恥な行為をするわけがない。

（まさか、私の下着を……）

不安に駆られた熟女は壁のフックに掛けていたバスタオルを手に取り、軽く水滴を払ったあと、身体に巻きつけた。

引き戸をゆっくり開け、脱衣場を確認するも、孝太郎の姿はどこにもない。脱衣籠の中も、特別乱れた様子はなさそうだ。

それでも不安は消えず、紗栄子は浴室から出るや、浴衣をそっと捲りあげた。

（あ、あるわ……穿いていたパンツも、替えのほうも）

胸に手を添え、苦笑を洩らす。

無垢な少年を、少しでも疑った自分が恥ずかしい。先ほどの音は、やはり風のいたずらだったのだ。

（このまま、あがろうかしら）

髪のヘアバンドを外そうとした刹那、奇妙な呻《うめ》き声が耳朶を打った。

「……え」

荒い吐息は、紛れもなく部屋のほうから聞こえてくる。再び緊張に包まれ、心臓が激しい鼓動を打ちはじめた。

恐るおそる扉に近づき、震える手をドアノブに伸ばす。音を立てぬように回し、一センチほど開ければ、衝撃の光景が目に飛びこんだ。

（あ、あ……）

広縁の手前の隅で、孝太郎が下腹部を剝きだしにしていたのだ。

（う、嘘っ）

彼は真横を向いており、膝立ちの姿勢から鼻に布切れを押し当てている。

（あ、あれは!?）

紗栄子は、顔から火が出そうな羞恥に身を焦がした。

ペールブルーのレース地は、昨日穿いていたショーツではないか。

少年はバッグから使用済みの下着を取りだし、クロッチの匂いを嗅いでいるのだ。

（い、いやぁぁっ）

中学二年の男の子が、変態的な行為で己の欲望を叶えようとは……。

昨日は朝から暑く、夕方まで複数の観光地を回った。

ショーツは汗を吸い、恥ずかしい分泌液もへばりついているはずだ。

尋常とは思えぬ事態に驚嘆したものの、熟女の視線はすぐさま股の付け根から隆起するペニスに注がれた。

天を睨みつける宝冠部は前触れの液が溢れ、先端が濡れ光っている。

おそらく、仮性包茎なのだろう。厚い包皮が亀頭の三分の二ほどを包み、まるでキノコのようだ。

根元は繊毛で淡く煙り、生白いペニスと肌が初々しい印象を与える。胴体は細いが長さがあり、小柄だけにやけに大きく見えた。

彼は間違いなく精通を迎えており、大人の階段を昇りはじめているのだ。

(し、信じられない、孝ちゃんが……あっ)

怒張がビクンとしなり、青筋がひと際膨張する。ひょっとすると、このまま射精してしまうのではないか。

紗栄子はいつの間にか、真剣な表情で少年の痴態を注視していた。

彼が使用済みの下着に手を出したのは、単なる性的な好奇心からなのか。それとも、継母に特別な感情を抱いているのか。

目をとろんとさせ、鼻息を荒らげる姿に胸が騒ぎだす。

秘所に鼻を押しつけられている錯覚に陥り、牝の淫情がムクリと頭をもたげた。

彼の眼下には数枚のティッシュが敷きつめられており、これから肉幹をしごき、精液を放出するのは間違いない。

固唾《かたず》を呑んで見守るなか、孝太郎は鼻からショーツを離し、口元にいやらしい笑みを浮かべた。

(な、何、何をするの？　あ、やっ!?)

驚きに目を見張り、口に両手をあてがう。なんと彼は、剝きだしにしたクロッチをペニスに巻きつけのだ。

倒錯的な自慰行為に、熟女は茫然自失するばかりだった。

「お、おぉ」

孝太郎は低い喘ぎ声をあげ、ショーツ越しの肉幹を猛烈な勢いでしごきだす。

虚ろな視線が宙を舞い、細い腰がぶるっと震えた。

包茎ペニスが反り勃ち、前触れの液が鈴口からツツッと滴り落ちた。

牡のムスクが、紗栄子のいる位置まで漂ってくるようだ。

間近で目にしたい、できることなら自分の手で放出させてあげたいと思った。

(お口でしてあげたら……)

かわいい義理の息子は、どんな表情を見せるのだろう。喜悦と昂奮のあまり、あっという間に射精してしまうかもしれない。

その場面を想像しただけで、子宮の奥がキュンと疼いた。膣襞の狭間《はざま》から愛の泉が溢れだし、内腿を擦り合わせれば、ひしゃげたクリットがひりつきだす。

我を見失った紗栄子は、右手をバスタオルの下に忍ばせた。

女肉のあわいは灼熱の溶鉱炉と化し、愛蜜が途切れなく溢れこぼれる。指先で肉芽を軽く爪弾《つまび》いただけでも、オルガスムスの階段を駆けあがってしまいそうだ。

（あぁ、やらしい……やらしいわ）

息子のオナニーシーンを覗き見し、自らを慰める母親がどこにいるのか。

罪の意識に胸がチクリと痛むも、どうしても怒張から目が離せない。

愛くるしい包皮を剝き下ろし、瑞々《みずみず》しい宝冠部を露出させたかった。

少年の切なげな表情を観察しつつ、噴出したザーメンを一滴残らず飲み干したいと思った。

（あぁ、龍一さんのと違って、おチ×チン……コチコチだわ）

膣の中に招き入れたら、どんな感触を与えるのだろう。

クリットをいらう指の抽送を速めたとたん、男子の本懐は呆気なく訪れた。

「あ、うっ、くっ!」

孝太郎が顎を突きあげ、唇を尖らせて呻く。睾丸がクンと持ちあがり、おちょぼ口に開いた尿管から白濁のしぶきが噴出する。

(……ひっ!?)

濃厚な樹液が一直線に跳ねあがり、ティッシュを飛び越えて広縁の床まで迸《ほとばし》った。

迫力に満ちた射精に言葉が見つからず、惚けた顔で室内の光景を凝視する。

少年の吐精は一度きりでは終わらず、その後も途絶えることなく放たれた。

(す、すごいわ……あそこの中に出されたら……すぐに妊娠しちゃいそう)

中学二年の男子は、精子を製造する能力がいちばん長《た》けている年頃なのかもしれない。放出は五回目を迎えたところで勢いを失い、孝太郎は大口を開けたままピクリとも動かなかった。

今は、愉悦の極地に達しているのだろう。床に置かれたティッシュはザーメンにまみれ、感動にも似た気持ちが胸の内に広がる。

肩で息をする孝太郎を見つめながら、紗栄子も性の頂に昇りつめた。

(あ、イクっ……イクっ……イックっ)

官能電流が身を貫き、骨まで蕩けそうなアクメに心酔する。
これほどの快感を得たのは、いつ以来のことか。
もちろん、龍一とのセックスとは比較にならぬほどの悦楽だった。
「……はあはあっ」
孝太郎の喘ぎ声とシンクロするかのごとく、荒い吐息をこぼす。
紗栄子はドアを静かに閉め、愛液で濡れ光った指を虚ろな眼差しで見つめた。

第二章　愛蜜に濡れそぼつ秘唇

1

家族旅行から、ひと月余りが過ぎた十月一日の土曜日。

孝太郎は自室の勉強机に向かい、アダルト動画のコレクションに魅入っていた。

最近の嗜好は肉感的な熟女に集中し、紗栄子の面影を思い描いては自家発電でよこしまな欲望を発散する。

この日も射精した少年はティッシュをゴミ箱に放り投げ、気怠《けだる》い表情で椅子の背にもたれた。

「ふうっ、気持ちよかった。でも……」

旅行先で経験したパンティオナニーの刺激には、どうしても及ばない。あのときは極上の快美が延々と続き、失神してしまうのでないかと思ったほどだ。

我に返るや、紗栄子が今にも部屋に戻ってくるのではないかとハラハラし、床の掃除と換気に躍起になった。

（ティッシュを飛び越えちゃうなんて、初めてだよ。かなり焦ったけど、あんなに気持ちいい思いができるなら、どうってことないよな）

旅行から帰ったあと、ショーツから香る媚臭が忘れられず、洗濯機の中を何度か物色したが、下着どころか、彼女の衣服はいっさい発見できなかった。

おそらく、洗濯する際まで自分の部屋に保管しているのだろう。

洗濯済みの下着なら持ちだすことは可能だが、昂奮度という点で、どうしても物足りなさを感じてしまう。

（まさか、パンティオナニーに気づいて警戒してるんじゃ……）

旅行に行く前は、洗濯機の中を確認しないで汚れ物を放りこんでいたため、彼女の真意は推し量れない。

（いや、そんなはずないよ）

ショーツは汚さなかったし、すぐにビニールケースに入れてバッグに戻した。

変態行為を察していたら、何かしらの嫌悪を露《あらわ》にするはずだが、彼女は旅行前と変わらぬ態度で接してくれている。

(それにバレていたら、父さんに報告するだろうし、ものすごく怒られてるはずだもんな)

不安を振り払ったところで、パソコン画面に視線を戻して苦笑いする。

「あれ、この男優さん、また出てら」

年齢は、二十代半ばあたりか。決してハンサムとは言えないルックスだが、激しい腰遣いと精液の量の多さが重宝されているのか、彼の出演作品はゆうに百本近く閲覧していた。

自分と同じく背が低いため、妙な親近感を覚えてしまう。

「いいなぁ……きれいな人ばかりとセックスできて」

孝太郎は、腰をこれでもかとしゃくる男優に羨望の眼差しを向けた。

自分が彼の立場に置かれたら、勝るとも劣らぬ性欲の強さで美貌の女優をヒーヒー泣かせてやるのだが……。

「無理か……まだ童貞だもんな。泣かせるどころか、我慢できずに五秒ぐらいでイッちゃうかも。ああっ、やりたい！　エッチがしたいよ!!」

放出したばかりにもかかわらず、猛烈な淫情が下腹部に吹き荒れる。

いつもなら、このまま二回目の自慰に突入するのだが、孝太郎はハーフパンツを引きあげ、パソコンをスリープ状態にした。

「ああ……腹、減ったな」

部屋をあとにし、誰もいないリビングに向かう。

父は今朝、宝石の買いつけ目的で二週間の海外出張に赴《おもむ》き、紗栄子は午後四時過ぎに学生時代の友人と会うために出かけた。

今日から二週間、美しい熟女と二人きりで過ごすのだから、いやが上にも期待に胸が昂る。

（初日は、どうやら空振りみたいだけど……）

孝太郎は冷蔵庫を開け、紗栄子の作ったシチューの皿を取りだした。

作り置きしてくれたということは、帰りは遅くなるのだろう。

映画を観賞するか、それともゲームをして過ごそうか。

紗栄子は洗濯物を取りこんでから出かけたため、使用済みの下着はあるはずもなく、次のオナニーは明日以降になりそうだ。

（雨の日に出かけてくれたら、チャンスはあるかも）

津崎家に移り住んでから、彼女は滅多に家を空けなかった。

デザイナーの仕事は家でこなし、打ち合わせもパソコンでしているらしく、主婦業中心の生活は義理の母と息子の絆《きずな》を深めるための父の意向なのかもしれない。

そんな配慮をしなくても、今の孝太郎は紗栄子に夢中だった。

背徳的な思いに罪悪感はあるが、牡の本能は親子の愛情よりも上まわっているのだ。

（あぁ……紗栄子さん）

湯にしっとり濡れたグラマラスな肉体、ショーツから香る甘酸っぱい媚臭が脳裏に甦《よみがえ》る。

果たして、この二週間のあいだに新たな展開はあるのだろうか。

孝太郎は淫らな妄想を頭から振り払い、シチュー皿をレンジに入れてスイッチを押した。

2

その日の夜、紗栄子は泥酔状態で帰宅の途についた。

孝太郎の破廉恥な行為と大量射精が頭から離れず、自宅に戻ってからの生活は緊張の連続だった。

難しい年頃だけに、夫の龍一には報告できない。

冷静になれば、義理の息子相手にふしだらな感情を抱いた自分を恥じた。

使用済みの下着を手にされたショックを受けながらも、性感を昂《たかぶ》らせたうえに自《みず》ら慰めてしまうとは……。

こんな調子で、本当の母親になれるのか。

なんにしても、倒錯的な行為はやめさせるべきだし、そのためには彼の興味を自分から逸らさなければならない。

意識して地味な服装で接し、着用した衣服は孝太郎の目に触れぬよう、寝室のクローゼットの中に入れ、翌日の朝に持ちだして洗濯した。

ストレスがよほど溜まっていたのか、久々の外出に解放感が満たされ、つい羽目《はめ》を外してしまったのだ。

(ふう……ちょっと……飲みすぎちゃったわ)

これからの二週間、彼と二人きりの生活に耐えられるだろうか。

不安の影が忍び寄る一方、なぜか心が弾んだ。

アルコールの作用なのか、身体が火照り、甘い予感に胸が締めつけられる。マンシヨンのエレベータに乗りこむや、紗栄子は壁に背を預けて息を整えた。

いくら酔っていようと、帰宅したら毅然とした態度を取らなければ……。

固い決意を秘め、母親としての倫理観を無理にでも引き寄せる。

時刻は午後十一時を過ぎ、孝太郎は何をしているのだろうか。

入浴を済ませ、今頃は自室でくつろいでいるのかもしれない。

(まだ、寝る時間じゃないわよね。テレビを観ているのかしら？　それとも……まさか、また独りエッチを……)

ショーツをペニスに巻きつけたオナニーシーンを思いだし、慌ててかぶりを振る。

排卵期なのか、熟れた肉体が男を欲《ほっ》し、悶々とした気持ちに苛《さいな》まれた。

できることなら、眠りについていてほしい。

心の中で懇願したものの、冷静さは取り戻せぬまま、エレベータは津崎家のある最上階に達してしまう。

(大丈夫……音を立てないように入って、そのまま寝室に行けばいいんだから)

背筋をシャキッと伸ばしてみたが、足元がふらつき、眠気にも襲われた。

化粧だけ落とし、シャワーは明日の朝に浴びようか。

そう考えながらエレベータを出て部屋に向かうも、身体が前後左右に傾《かし》ぐ。

（ああ、もう……しっかりしないと……孝ちゃんに、こんな姿は見せられないわ）

廊下の壁伝いに歩き、ようやく部屋にたどり着いたと思った瞬間、紗栄子はうっかりハイヒールの爪先でドアを蹴ってしまった。

ハッとして肩を窄め、反省しつつバッグから部屋の鍵を取りだす。ところが鍵穴に差しこもうとしたところで内鍵を外す音が聞こえ、ドアがゆっくり開いた。

「……あ」

「お、お帰りなさい」

パジャマ姿の孝太郎が不安げな様子で佇んでおり、目を丸くする。

「ど、どうしたの？」

「うん……トイレから出たところで音がしたから、帰ってきたのかなと思って」

「そう、ごめんね、気をつかわせちゃって」

「ううん……ただ、夜も遅いし……ちょっと心配だったんだ」

気恥ずかしいのか、伏し目がちの少年に全身の血がざわざわした。

（あぁン、かわいい！　なんてかわいいの!!）

長い睫毛、クリッとした目、サクランボにも似た唇。ツルツルの頬が桜色に染まり、食べてしまいたいほど愛くるしい。

感情を激しく揺さぶられた瞬間、酔いが回り、目の前がぐるぐる回りだす。同時に、まともな理性が忘我の淵に沈んだ。

「あ、だ、大丈夫!?」

彼はよろけた身体を支え、耳障りのいいテノールボイスで問いかける。

「ううンっ……だめみたい、一人じゃ歩けそうにないわ」

甘えた声で答えれば、肩を担いでくれ、首筋から香るソープの匂いにうっとりした。痩躯《そうく》で腕も細いが、さすがは男の子だけに頼りがいがある。

「寝室まで、連れていってあげるよ」

「ありがと……ごめんなさいね」

目尻を下げて微笑を返すや、孝太郎は小さく頷《うなず》いてから歩を進めた。

(真剣な顔しちゃって……やっぱり、根は真面目な子なんだわ)

それだけに、旅行中の出来事が信じられない。

ひょっとして、自分は幻想を見たのではないか。

客間に続いてトイレと浴室の前を通りすぎる最中、次第に意識が朦朧《もうろう》としだし、現実と夢の区別がつかなくなる。

(もしかすると……今も夢を見てるのかも)

そう考えた紗栄子は、あえてあけすけな質問を投げかけた。

「孝ちゃん」

「ん？」

「好きな子とか……いるの？」

「ど、どうして、そんなことを」

「だって、中学二年なら、女の子に興味があって当然でしょ？」

「そんな子、いないよ……ぼくの学校、男子校だし」

「あ、そうか、じゃ、女の先生は？」

さらに突っこめば、孝太郎は困惑げに眉をたわめる。

「いるけど、おばさんばかりだし、紗栄子さんみたいに……」

「え、何？」

「な、なんでもない」

はっきりとは聞こえなかったが、「きれいな人はいない」と言った気がする。

承認欲求は満たされたものの、夢を見ている可能性は高まった。

大人の男性ならまだしも、はにかみ屋の少年が歯の浮くセリフを口にするはずがないのだ。

(ふうん……夢の中だったら、ちょっとぐらいからかっても問題ないわよね)

毅然とした対応をするはずが、帰宅前の決意は雲散霧消し、心の内にひた隠していた女の情念が顔を覗かせた。

「あ、ちょっ……しっかりして……重いよ」

「なんですって?」

「いだだだっ」

憎まれ口に頬を膨らませ、口元をつねりあげる。孝太郎は呻《うめ》き声をあげたが、うれしそうな顔をし、ワンピースの下の乳首がピクンと反応した。

(いいわ……憎らしいことを言うんなら、いじめちゃうんだから)

リビングを通り抜けて寝室に到着し、彼が扉を開けて照明をつける。

「さあ、着いたよ」

「う、うゥンっ……眠いわ」

「もう少し我慢して、ベッドまであとちょっとだから」

紗栄子は喉をコクンと鳴らし、女の中心部を疼かせた。

おぼつかない足取りで歩み寄り、ベッドカバーとブランケットが捲られる。純白のシーツが目に入ると、腕の力が緩み、紗栄子はそのまま前のめりに倒れこんだ。

「さ、紗栄子さん？　服を着たまま寝ちゃうの？」

「う、うぅン……脱がせて」

「……へ？」

「息苦しいわ、服を脱がせて」

目は閉じていても、少年のたじろぐ顔が頭に浮かぶ。

もっともっと困らせ、旅行先で不埒《ふらち》な行為をした罰を償わせるのだ。

「ファスナーを下ろして」

「で、でも……」

「着の身着のままじゃ、寝られないでしょ？　それに、身体が燃えるように熱いの。

あぁン、早く」

生唾を飲みこむ音が聞こえ、やがてベッドがギシッと軋《きし》んだ。

背中のファスナーがゆっくり下ろされ、心臓がトクトクと鼓動を速める。

熟女の秘芯は、早くも大量の淫蜜で潤っていた。

3

「ほ、本当に……いいんだね」

「いいわよ、服を引っ張って、足から抜くの」

耳を澄ませば、少年の声が震えているのがはっきりわかった。

昂奮しているのは間違いなく、ペニスはすでに硬い芯が入っているかもしれない。

(あぁ……おチ×チン、見たいわ。頃合いを見て、握りしめちゃおうかしら)

夢の中なら、何をしても咎《とが》められないのだ。

熟女の頭の中は淫らな妄想で占められ、身体の深部から熱い気配が込みあげた。

「何してるの？　早くぅン」

この日は、襟元と裾に紺のパイピングが入ったチャコールグレーのワンピースを着用している。今、いちばんお気に入りのシックな装いを印象づけるいで立ちだ。

もちろん、彼の関心は服の下に向けられているのだろう。

ようやく布地を肩から脱がされ、耳にまとわりつく荒い鼻息が女心をくすぐった。

「ぬ、脱がせづらいよ」

「重たいって、言うの？」

「い、い、いえ！　そんなことないです!!」

上ずった声で否定する様子が面白く、つい頬が緩んでしまう。衣服を脱がせやすいよう、紗栄子は心持ち身を浮かせた。

左右の手を自《みずか》ら抜けば、布地が乳房の下弦まで下ろされる。

「ここまで来たら、大丈夫でしょ？」

「あ、う、うん……たぶん」

孝太郎は両足を跨ぐやワンピースの裾を摑《つか》み、力を込めて布地を引っ張り下げた。

反動からヒップが上下に揺れ、期待と羞恥心に身が焦がれる。

今日の紗栄子は、黒の高級ランジェリーで身を包んでいた。

バラをモチーフにしたストレッチレースは地肌を透かせ、布地面積も少ない。

Tバックは臀裂に食いこみ、ヒップを余すことなく晒しているはずだ。

食い入るように見つめているのか、少年の手がピタリと止まり、喉をゴクンと鳴らす音がはっきり聞こえた。

「何してるの？　ちゃんと脱がせて」

「は、は、はいっ」

ワンピースが足首から抜き取られ、下着だけの姿になる。

このあとは、どんな展開が待ち受けているのか。

寝たふりをして様子をうかがうなか、孝太郎は蚊が鳴くような声で問いかけた。

「さ、紗栄子さん……寝ちゃったの？」

あえて答えず、軽い寝息を立ててみる。

やがてブランケットの感触が身を包み、熟女は心の中で悪態をついた。

（あぁン、もう！　意気地なしっ‼）

それでも、少年の優しい思いやりは素直にうれしい。

相手がいやらしい中年男なら、これ幸いとばかりに襲いかかるだろう。

孝太郎は性欲を無理にでも自制し、寝かせてあげようと考えたのだ。

使用済みの下着には獰猛《どうもう》な欲望をぶつけたのに、生身の相手には積極的になれない。

経験不足なら当然のことなのだが、その初々《ういうい》しさがたまらなく愛おしかった。

（仕方ないわ……私のほうから、アプローチしてあげる）

少年が身を起こし、ベッドから下りようとする気配を感じる。紗栄子はタイミングよく身を反転させ、呻き声をあげながらブランケットを剝いだ。

「う、ううン」

「……あ」

驚きの声が鼓膜を揺らし、内心ほくそ笑む。

仰向けの状態なら、バストも下腹部もじっくり観察できるに違いない。

今は足を閉じているため、彼の視線は胸元に向けられているのではないか。

細やかな刺繡《ししゅう》が施されたハーフカップのブラは、両の乳房を寄り添わせ、胸の谷間をくっきり刻んでいるはずだ。

紗栄子は気怠《けだる》さを装いつつ、さらなる追い打ちをかけた。

「ブラを……取って」

「え、ええっ!!」

「胸が苦しいの……フロントホックだから、外しやすいでしょ?」

孝太郎は微動だにせず、しばし沈黙の時間が流れる。

(びっくりしてるのかしら? それとも、戸惑ってるとか……)

目を開け、様子をうかがえないのがもどかしい。

とても待ちきれず、熟女は自らブラジャーのホックを外した。

「ああ、熱い、身体が熱いわぁ」

小さなカップは胸の上にただ置かれている状態で、ブラを抜き取れば、乳丘を隅々まで晒してしまうのだ。

「早く取って」

「は、はい……失礼します」

孝太郎は小声で答えるや、肩紐をずらし、身体の下からブラを抜き取る。

熱い視線を肌で感じ、大いなる期待にバストの突端が疼いた。

自慢の胸まで披露しているのだから、少年の我慢も限界に達しているのではないか。

ところがいつまで経っても、孝太郎は肌に触れようとしなかった。

怖れをなしたのか、それとも緊張しているのか。

(まったく、リアルな夢だわ。こうなったら……)

手を出せないなら、こちらからきっかけを作ってやるのだ。

「う、ふうンっ」

紗栄子はくぐもった声をあげ、ためらうことなく足を開いた。

「おっ、おっ!」

首を絞められたニワトリのような声が聞こえ、全身が火の玉のごとく燃えさかる。

(きゃあぁン、やっちゃった!)

年端《としは》もいかない男の子に、こんなはしたない格好は見せつけてしまうとは……。

しかも相手は、義理の息子なのである。

彼は今、継母の大股開きをどんな表情で見つめているのだろう。

ただでさえ布地面積の少ないランジェリーだけに、股布の脇から恥ずかしい箇所が覗いているのではないか。

考えただけで体温が上昇し、身体の奥底から温かい潤みがじわりと溢れた。

身悶えたい衝動を必死に堪《こら》え、その瞬間を今か今かと待ち侘びる。

やがてベッドが再び軋み、熱い息が太腿にまとわりついた。

どうやら孝太郎は身を屈《かが》め、女のデリケートゾーンを間近で眺めているらしい。

薄目を開けて自身の下腹部を見下ろせば、少年は股のあいだに正座し、前のめりの体勢で秘園を凝視していた。

（あ、や、やぁぁあ）

身が裂かれそうな羞恥に胸が高鳴り、全身の毛穴から汗が噴きだす。

熟女は勇気を振り絞り、とっておきの誘いをかけた。

「……脱がせて」

「へ？」

「熱くて寝られないわ……全部、脱がして……お願い」

頭に血が昇りすぎたのか、もはや正常な思考は働かない。

紗栄子は身をくねらせ、切なげな表情から艶っぽい吐息をこぼした。

4

（ホ、ホントに……いいのかな）

孝太郎は昂奮の坩堝《るつぼ》と化す一方、紗栄子の別人ぶりに戸惑っていた。

もちろん、こんなに乱れた姿を目にしたのは初めてのことだ。

もしかすると、アルコールを摂取すると我を失う体質なのかもしれない。

たとえそうだとしても、ペニスは派手にいきり勃ち、猛々しい性衝動は雨が降ろうが槍が降ろうが止められそうになかった。

彼女が身悶えるたびに巨房がたゆんと揺れ、白い肌に紅が差していく。

しかも両足のあいだに跪《ひざまず》き、女の園を目と鼻の先で見つめているのだから、童貞少年にとってはあまりにも刺激が強すぎた。

（あぁ、すごい、すごいや！）

股布の食いこみの脇から、ふっくらした柔肉がはみでている。

鼠蹊《そけい》部の薄い皮膚とは対照的に、ボリューム感たっぷりの太腿が圧倒的な迫力で目に飛びこんだ。

ショーツの上部半分はレース仕様で地肌と恥毛が微かに透けているのだが、肝心の箇所はサテン生地に覆われているため、はっきりわからない。

たまらずに鼻を寄せると、甘酸っぱさと汗の香りが鼻腔から大脳皮質まで光の速さで突っ走った。

じっと見つめていると、クロッチの中心が縦筋に沿って変色していく。

(あ、あぁっ！　ま、まさか!?)

淫らな濡れジミは瞬く間に広がり、さらなる恥臭が立ちのぼった。

「あぁン、早く、早くぅン」

甘ったるい声でせっつかれ、目が据わりだす。理性とモラルが木《こ》っ端微塵《ぱみじん》に砕かれ、牡の本能だけが一人歩きした。

両指をショーツの上縁に添え、鼻息を荒らげて力任せに引き下ろす。美熟女はタイミングよく腰を浮かし、薄い布地がヒップのほうからくるんと捲られた。

(さ、紗栄子さんのおマ×コ、おマ×コだ！)

身を後方にずらすと、足が閉じられ、豊穣な内腿が秘肉を隠してしまう。

それでも逆三角形に刈り揃えられた陰毛とこんもりした恥丘の膨らみは峻烈《しゅんれつ》で、あまりの感激に総身が粟立った。

(ふかふかした……おまんじゅうみたいだ。あぁ、昂奮しすぎて脳みそが爆発しそうだよ)

もう少しで、夢にまで見た女陰を生で拝める。

孝太郎は足首から抜き取ったショーツを横に放り投げ、上目遣いに紗栄子の表情を探った。

熟女は目を閉じたまま、拒む様子は少しも見受けられない。

(酔いがすっかり回って、夢心地の状態にあるのかも)

だとしたら卑劣な行為になるのだろうが、彼女は「脱がせてほしい」と、はっきり口にしたのだ。

(顔が赤くて汗も掻いてるし、やっぱり下着の締めつけが苦しいんだ。だから、裸にならないと寝られないんだ)

自分本位の言い訳を繕《つくろ》い、鋭い眼光を熟女の下腹部に向ける。

孝太郎はまなじりを決して身を乗りだし、もっちりした太腿を左右にゆっくり開いていった。

「あ、あ……」

一瞬、足に力が込められたものの、肉の丘陵が徐々に全貌を現す。ひっそり息づく二枚の唇は厚みを増し、外側に大きく捲れていた。

頂点の肉芽もちょこんと顔を出し、凝脂の谷間が愛蜜でキラキラと濡れ光る。色白のせいか、色素沈着がいっさいなく、ベビーピンクの彩《いろど》りには惚けるばかりだ。

（こ、これが……おマ×コ）

ゼリー状の内粘膜が蠢《うごめ》くたびに、とろみの強い濁り汁が亀裂からゆるゆる滴った。

決して美しい形状とは言えないのに、なぜこんなにも胸が騒ぐのだろう。

ペニスは鉄の棒と化し、油断をすれば、すぐにでも火山活動を開始しそうだ。

肌が汗でべとつき、孝太郎はパジャマの上着を脱いで上半身裸になった。

女肉の眼福にあずかろうと、俯せの体勢から熟れた果肉に目を寄せる。

なめらかな大陰唇、鼠蹊部にピンと浮いた細い筋、もっちりした内腿の柔肉。

官能的な曲線と三位一体《み》のコラボレーションが、少年の性感を瞬時にして高みに押しあげた。

三角地帯に渦巻いていた女の秘香が、ぷんと香っては嗅覚を刺激する。南国果実の芳香が脳波を乱れさせ、中枢神経をどろどろに溶かした。

（あ、あ……すごい匂い……もう我慢できないよぉ）

十月に入ったとはいえ、気温はまだ高く、紗栄子は出歩いて汗をたっぷり掻いたはずだ。肌着の下にこもっていた女臭を胸いっぱいに吸いこみ、目をとろんとさせれば、両足がさらに広がった。

「う、ううン」

紗栄子は双眸《そうぼう》を閉じ、すでに眠りの世界に引きこまれているように思える。

目が覚めたら、この状況をどう思い、どんな態度を見せるのだろう。

怒るのか、恥ずかしがるのか。予想はつかないが、たとえ叱責されても、このチャンスは逃せない。

孝太郎は生唾を飲みこんでから、V字に開いた指先で膣口をぱっくり押し拡げた。

（あ、ああ）

左右の膣壁のあいだで、分泌液がツッと白濁の糸を引く。

愛液なのか、おりものなのか。正体はわからないが、見てはいけない女の秘密に昂奮のボルテージが上昇した。

（ビラビラが、貝の具みたいに飛びでてる。半透明のポッチがクリトリスだよな？中はコーラルピンクで、ねっとりした粘膜がひしめき合ってる。あぁ……この穴にチ

×ポを挿れるんだ）

無理にでも気を落ち着かせ、紗栄子の様子を探りながら陰核を軽くつついてみる。

可憐な肉の芽がピクンと震え、甘い吐息が周囲の空気を湿らせた。

「あ……ンうっ」

熟女は相変わらず顔を横に振ったまま、目を開けようとしない。

（ひょっとして、眠ってるふりをしてるんじゃ？）

疑念に身を竦《すく》めるも、いくら泥酔しているとはいえ、義理の息子に陰部を見られて平気でいられる継母がいるだろうか。

しかも服や下着を脱がさせ、自ら大股を開いたのである。

ふだんの彼女の清廉な姿を思い返せば、とても考えられないことだ。

孝太郎は試しに、再び指先をクリットに押し当てて左右にあやした。

今度は声こそ出さなかったが、眉尻が下がり、肉厚の腰が微かにくねる。

クリクリとこねまわすと、内腿がプディングのように揺れ、膣穴からハチミツ状の花蜜がどろっと溢れでた。

（あぁ、クリトリスが充血して、どんどん大きくなってくる！）

眠っていても、性的な快感は得ているのだろうか。

生々しい恥臭も濃厚さを増し、少年の下半身を苛烈に直撃した。

「く、ううっ」

昂奮に次ぐ昂奮に、怒張がビクビクしなる。

目にするものすべてが新鮮で、アダルト動画とは次元の違う刺激を与えるのだ。

孝太郎は丹田《たんでん》に力を込め、内股を締めつけて射精の先送りを試みた。

こんなところで、放出するわけにはいかない。

大人の秘め事はまだ始まったばかり、あれもしたい、これもしたいという願望が頭の中をぐるぐる駆け巡る。

（も、もう……限界だ……起きていようが寝ていようが、どうでもいいよ！）

束の間の自制心も塵と化し、少年は逞しいと思えるほどの太腿に吸いついた。

つきたての餅のような感触だが、張りと弾力感があり、本能の赴《おもむ》くままベロベロ舐めまわす。

唇を内腿に這わせていき、股の付け根にソフトなキスを浴びせると、恥骨がクンと浮きあがった。

左右の大陰唇を交互に舐《ねぶ》り、なめらかさとしょっぱい味覚を心ゆくまで堪能する。

愛液で濡れそぼつ秘孔から、ふしだらな熱気と淫臭がムンムン放たれた。

これが、女の発情臭なのか。

噎《む》せかえるほどの香気に脳幹が麻痺し、全身の細胞が歓喜の渦に巻きこまれる。

愛欲の炎に身を包まれ、一も二もなく法悦のど真ん中に旅立った。

(いよいよ、いよいよだ!)

熟女の本丸を目指し、獣欲モードに突入する。

孝太郎は息をひとつ吐き、すっかりほころびた女肉の花に口を押しつけた。

「あ、ふぅン」

ヒップが微かにバウンドするも、もはや彼女の様子は目に入らない。

今は全神経が淫肉だけに注がれており、身勝手な欲求を満たすことだけで精いっぱいなのだ。

合わせ目に沿って舌を上下させれば、プルーンにも似た酸味が口の中に広がる。

内粘膜をてろてろ舐めたてると、今度は絞りたてのレモンのような刺激が舌先に走り、ジューシーな甘蜜がねっとり絡みついた。

(ああっ、これが、これがおマ×コの味なんだ!)

顔を左右に振り、舌先を跳ね躍らせ、官能の滴りをじゅるじゅると啜《すす》りあげる。

口元が愛液にまみれても臆することなく、生まれて初めての口唇奉仕にすべての情熱を傾けた。

「あっ、やっ、ン、はっ、はふぅ」

紗栄子の消え入りそうな喘ぎは耳に届かず、唾液ですっかりふやけた肉びらをクリットごと口中に引きこむ。

「……ひっ！」

少年は頰を窄めて吸引し、しこり勃《た》ったつぼみを口腔粘膜で甘嚙みした。

女性に快楽を与える術《すべ》など知るよしもないが、これもまた本能の為《な》せる業《わざ》なのかもしれない。がむしゃらな口戯が功を奏したのか、ヒップがわななきはじめ、心の中で快哉《かいさい》を叫ぶ。

(ああ、すごい！　すごいっ！　ぼくの舌で、紗栄子さんが感じてるんだ！)

性のエネルギーを全身に漲《みなぎ》らせた直後、孝太郎は無意識のうちに真空状態にした口の中で肉突起を吸いたてた。

「ひっ、いっ、くっ、くふっ！」

恥骨が迫《せ》りあがり、むちむちの太腿で両頰を挟まれる。顔がひしゃげるのではないかと思うほどの締めつけだ。

「むふっ、むふっ」

息苦しさに耐えるなか、次第に足の力が弱まり、紗栄子は脱力して巨尻をベッドに沈めた。

「はあはあっ、はあぁぁっ」

気道が確保され、新鮮な空気が肺に送りこまれる。

(さ、紗栄子さん……起きちゃったのかな?)

不安げに見あげると、美熟女は大の字の体勢から微動だにしなかった。

胸の膨らみだけは微かに上下していたが、うっとりした表情で目を閉じている。

まさか、口だけでエクスタシーに導いたのか。

経験不足では判断できるはずもなく、獰猛な性衝動が少年を奮い立たせた。

(や、やるんだ……こんなチャンスは、二度とないかもしれないぞ)

躊躇《ちゅうちょ》する余裕はなく、まともな理性もかけらすら残っていない。

禁忌の結合だけに気を集中させ、孝太郎はパジャマズボンとブリーフを忙《せわ》しなく引き下ろした。

包茎ペニスがジャックナイフのごとく跳ねあがり、前触れ液が扇状に翻《ひるがえ》る。

怒棒を握りこみや、熱い脈動が手のひらに伝わり、緊張と昂奮から唾を飲みこむことさえできなかった。

蒸れた肉の匂いにいざなわれ、亀頭の先端を女の入り口に向ける。紅色の粘膜が、男根の侵入を待ち侘びるかのようにひくつく。

(このまま……挿れちゃうんだ)

意を決して腰を繰りだした瞬間、にちゅんという音に続き、肉刀の切っ先が恥裂を上すべりした。

(……あっ!?)

ぬめぬめの女肉が裏茎をこすりあげ、快楽の雷撃が脳天を刺し貫く。同時に白濁の溶岩流が荒れ狂い、射出口を猛烈な勢いでノックした。

腰がぶるっと震え、頭の中がピンクの靄《もや》に包まれる。真っ赤な顔をして力んでも、無駄な努力にしかならない。

(や、やばい！　耐えろ！　耐えるんだ!!)

心の懇願虚しく、孝太郎は亀頭の切れ目から牡のエキスを吐きだした。

「あ、あああっ」

ザーメンが速射砲のごとく放たれ、紗栄子の首筋から顎にへばりつく。

(う、嘘っ！)

慌てて身を横に振れば、二発目は右太腿を飛び越え、真横に置いていたビキニショーツに降り注いだ。

（ひゃっ！）

予想外の展開に呆然としてしまい、身動きが取れない。孝太郎は膝立ちのまま、三発目以降の射精をただ見届けることしかできなかった。

いったい何発出したのか、ショーツは大量の精液にまみれている。

「な、なんて……こった」

絶好の機会を前にしながら、堪えきれずに暴発してしまうとは……。

射精感が徐々に薄れていき、代わりに恐怖心に近い感情が湧き起こる。

こわごわ横目で探ると、紗栄子は何の反応も見せずに澄ました顔をしていた。

微かな寝息が聞こえ、冷や汗がどっと溢れでる。

（さ、紗栄子さん……寝ちゃったんだ）

不幸中の幸いといって、いいのだろうか。

ホッとする一方、ショックと後悔の念が押し寄せ、少年は周囲に飛び散ったザーメンを恨めしそうに見下ろした。

（や、やばい……どうしよう）

精力だけには自信があるが、あと処理のことを考えると、とても再挑戦する気にはなれない。

すっかり気後れしたのか、ペニスはみるみる萎み、孝太郎はただ唇を噛みしめるばかりだった。

第三章　包皮を剝かれた童貞ペニス

1

「う、ううン」

眠りから覚めると、カーテン越しに朝の光が射しこんでいた。

壁時計を見あげると、すでに午前九時を過ぎている。

(やだ……帰ってきて、そのまま寝ちゃったんだわ)

孝太郎は、朝食も食べずに学校に向かったのか。

慌てて飛び起きた瞬間、ブランケットがずれ、紗栄子は自身のはしたない姿に目を丸くした。

「な、なんで裸なの？　どういうこと⁉」

状況を把握しようと周囲を見まわせば、カレンダーが目に入り、ようやく今日が日曜だと気づく。

熟女は口元に手を添え、記憶の糸を手繰《たぐ》り寄せた。

学生時代の友人と深酒してしまい、タクシーで帰宅したところまではうっすら覚えている。

（そ、そうだわ、孝ちゃんが出迎えてくれて……あ、あっ）

おぼろげな光景が頭に浮かび、顔から血の気が失せた。

寝室まで運んでもらい、服を脱がせてほしいと懇願したこと。淫らな恰好で義理の息子をからかい、口唇奉仕の快感に身悶えたこと。

途切れ途切れの記憶しかないが、あれは夢の中の出来事ではなかったのか。

すぐさま秘園に手を伸ばして確認するも、べたついた感触はなく、やけにさらっとしていた。

「し、下着は⁉」

ワンピースはベッドの脇に落ちていたが、ブラジャーとショーツはどこにも見当たらない。

（ここで服だけ脱いで、浴室に向かったのかしら……ううん、いくら酔っていたとはいえ、孝ちゃんがいるのに、そんなことするはずないわ。ま、まさか!?）

孝太郎は、使用済みのショーツで自慰行為に耽《ふけ》った前例がある。

持ちだした可能性は高く、紗栄子は激しくうろたえた。

「ああ、もう……なんてことなの」

久しぶりの外出で羽目《はめ》を外したばかりか、少年の性欲をあおる振る舞いをしてしまうとは……。

まさに母親失格であり、夫の龍一に合わせる顔がない。

昨日はたっぷり汗を掻き、下着もかなり汚れていたはずだ。

顔がカッと熱くなり、この世から消えてなくなりたい心境に駆られる。

とにもかくにも、彼が下着を隠匿しているなら、取り返さなければならない。

熟女はベッドから下り立ち、チェストに歩み寄ると、洗濯済みの服と下着を取りだして身に着けた。

孝太郎はまだ眠っているのか、それとも自室でショーツを手に幼い欲望をぶつけているのか。

羞恥心に見舞われ、気まずさから部屋を出ていけない。

紗栄子は室内をうろついたあと、ようやく覚悟を決めた。

(顔を合わせないわけにはいかないわ)

紗栄子は寝室の扉を薄めに開け、隙間から廊下側の気配を探った。

孝太郎の部屋は、リビングを挟んだ反対側にある。

耳を澄ましても物音は聞こえず、まずは廊下に出て気持ちを落ち着かせた。

昨夜は何があったのか、詳細を聞きだす度胸はかけらもないが、とりあえずは平静を装い、ふだんどおりに接するのだ。

中学生の男子が天気のいい日曜に外出しても不思議はなく、使用済みの下着は彼が留守のときに回収するしかない。

音を立てぬように廊下を突き進むも、内扉の磨りガラスの向こうに室内照明の明かりは見られなかった。

(リビングには……いないのかしら?)

呼吸を整えてから扉を開ければ、サランラップに包まれた食器皿が目に入る。

「……え」

怪訝《けげん》な顔でキッチンテーブル近づくと、皿の横に手書きのメモが置かれていた。

《図書館で、勉強してきます。サンドイッチを作ったので、よかったら食べてくださ
い　孝太郎》

「……まあ」
パンに挟んであるのはハムとチーズにタマゴと、定番ではあるが、よほど器用なの
か、とても手作りとは思えない。
優しい思いやりに胸がジーンとするも、紗栄子はすぐさま気を引きしめた。
おそらく彼も自分と同様、気まずさから家を出たに違いない。
(まさか、パンツまで持ってってないわよね)
胸騒ぎを覚え、テーブルを離れてリビングの奥に向かう。そして内扉を開け、急ぎ
足で孝太郎の部屋に突き進んだ。
(あの子の洗濯物はいつもリビングに置いてるし、部屋に入るのは初めてのことだけ
ど……あ、ドアが開いてるわ)
室内に足を踏み入れると、饐えたにおいが鼻腔に忍びこむ。
(どこかで嗅いだことが……そうだ、中学時代の体育だわ!)
紗栄子の通っていた学校では、女子は更衣室で、男子は教室で着替えをしていた。

授業終了後、着替えを済ませて戻ると、教室内に充満していた悪臭に女子らは憤慨して窓を開け放ったものだ。

おそらく、男性ホルモンが汗とともに毛穴から分泌されたのだろう。

孝太郎もまた、新陳代謝の激しい年頃なのだ。

紗栄子は鼻に手を添え、十帖ほどの室内を見まわした。

勉強机の上にデスクトップ型のパソコンが置かれ、ベッドにチェスト、テレビやゲーム機器にシステムコンポと、中学生にしては恵まれた生活環境に思える。

本棚には参考書や名作と呼ばれる小説本が並び、漫画はほとんどない。

有名進学校に通っている利発な少年が性欲本能を剝きだしにし、義理の母親のショーツまで盗みだすとは……。

いや、昨夜の一件を振り返れば、責任の一端は自分にもあるのだ。

(再婚したの……失敗だったのかしら)

今さら後悔しても、問題の解決にはならず、紗栄子は涙目で机に歩み寄った。

盗んだものを隠しているとすれば、引き出しの中か、あるいは押し入れ、ベッドの下か。

机に手をついて引き出しを開けた瞬間、指先がキーボードに触れたのか、ブーンという音が響き、パソコンが起《た》ちあがる。

どうやら彼は、スリープ状態にして外出したらしい。

「……あ」

モニターに映しだされた動画の停止映像に、紗栄子は目をしばたたかせた。

ベッドで絡み合う男女の陰部にはモザイクが入っておらず、結合箇所がはっきり見える。

この家では、アダルトサイトにフィルターをかけていないようだ。

龍一は大らかな性格で、童顔の息子がいかがわしいサイトにアクセスしているとは夢にも思っていないのだろう。

(ひょっとして……他にも、あるのかしら?)

熟女はデスクトップの画面に戻り、隅から隅までフォルダに目を通した。

「XXX」という名称に当たりをつけ、試しに開いてみれば、出るわ出るわ、アダルト動画と思われる卑猥なタイトルがずらりと並んでいる。

ゆうに、百作品は超えているのではないか。

これでは勉強に集中できず、成績が落ちたとしても不思議ではない。

(こんなの、まずいわ……まずいわよ)

十四歳の少年が成人向けのサイトをひっきりなしに訪れ、お気に入りの動画をダウンロードしている。その光景を想像しただけで、背筋に悪寒が走った。

「……あ」

タイトルを順に確認するなか、徐々に身を乗りだす。

「美熟女たちの口唇奉仕」「欲求不満の人妻　童貞筆下ろし」「義母の艶やかな肉体に誘われて」「近親相姦　ママ母の淫らなヒップ」と、熟女や人妻、義母ものがやけに多く、「聖水ハーレム」「お漏らし熟女　私のおしっこ飲んで」に至っては、もはやぽかんとするしかなかった。

（いやだわ、こんな変態ぽいものまで……まだ中学生なのに）

作成日を確認すると、どの作品も龍一から孝太郎を紹介された日以降のものだ。

はにかんでばかりで、ほとんど話はできなかったのに、あのときにはすでに性の対象として自分を見ていたのか。

（男性側が、受け身のものばかりだわ……孝ちゃん、見かけはひ弱だし、確かにイメージどおりだけど、マゾっ気《け》があるのかしら）

肉体の中心にポッと火がともり、女の情念がショックを呑みこんでいく。

旅行先の自慰シーンがまたもや脳裏をよぎり、夫との営みでは満たされない淫情が夏空の雲のごとく膨らんだ。

　かわいらしい包茎ペニス、先端からちょこんと突きでたピンク色の亀頭、静脈がびっしり浮きでたキンキンの胴体が頭から離れない。

（おチ×チンの皮を剝いて、口に含んであげたいわ……あぁ、孝ちゃん、どんな表情を見せるのかしら）

　義理の息子相手に、なんとふしだらなことを考えているのか。

　ふと我に返った紗栄子は慌ててフォルダを閉じ、不埒な思考を断ち切った。

「……あら？」

　今度は「ｄｉａｒｙ」という名称が目に入り、いけない好奇心に駆り立てられる。

　日記なら、プライバシーを覗き見るわけにはいかない。

　しかも彼とは血の繫《つな》がりがなく、本当の母親ではないのである。それがわかっていても、今の紗栄子は俗物的な思いを抑制できなかった。

　昨夜、孝太郎とはどこまで進んだのか。

　記憶の断片を引き寄せれば、誘いをかけ、服を脱がしてもらい、大股を拡げて局部を見せつけたところまでは覚えている。

（そ、そうだわ……あの子、股に顔を埋《うず》めて……やぁぁ）

熟女は赤面し、頬に両手を添えて身を揺すった。

陰部を確認した限りでは一線を越えたとは思えないのだが、もしかすると昨夜の出来事が日記に書かれているかもしれない。

紗栄子は震える手でマウスを摑《つか》み、目的のフォルダをクリックした。

日付けがリスト表示で並んでおり、緊張と不安にいたたまれなくなる。

(あ……私と初めて会った日があるわ)

まずは初対面の日の項目を開き、ノート形式のファイルにしたためられた文章を瞬きもせずに読んでいく。

美しい容姿を賞賛する言葉が気持ちを高揚させ、父の再婚相手となる女性に仄《ほの》かな恋心を抱いてしまった心情が女心を揺り動かした。

(家族旅行の日記もあるわ……やだ、やっぱりお風呂、覗いてたのね)

少年は素直に喜びを書き綴《つづ》っていたが、その後は持て余した性欲と禁断の思いへの苦悩に終始し、あまりの悲愴感に胸が締めつけられる。

(まさか、こんなに悩んでたなんて……あ)

十月一日の日付けが目に入り、紗栄子は真剣な表情で身構えた。

この日の日記を読めば、何があったのか、おぼろげだった光景が鮮明になるのだ。

息を整え、ファイルを開いて文字に目を通していく。

帰宅してからの行動は、ほぼ記憶どおり。寝室まで連れていかれ、服や下着を脱がしてもらい、プライベートゾーンをこれ見よがしに晒したのだ。

(やぁあぁっ……やっぱり舐められたんだっ!)

ショッキングな事実に気が動転したが、もちろん孝太郎の行動は責められない。

性に執着する年頃の少年が女の裸体を目にしたら、どんなに真面目な性格だろうと、理性は遙か彼方《かなた》に吹き飛んでしまうだろう。

「は、恥ずかしいっ!」

身をくねらせたものの、文章を読みつづけていくうちに、不安は徐々に和らいでいった。

彼は、そのあとの行動を自制していたのである。

(挿れる前に……出ちゃったんだわ)

最悪の結末は回避できたようだが、下着に関してはいっさい触れていない。

身体に付着した性液と汚れた女陰をウエットティッシュで拭き取った、と書かれているのみだ。

(ブラとパンツは……どうしたのかしら?)

文章を結ぶ、「紗栄子さんのことが好きだ、大好きだ」という告白にときめいたのも束の間、椅子から立ちあがり、引き出しや押し入れ、ベッドの下を探してみたが、使用済みの下着はどこにも見当たらなかった。

「待って……もしパンツを盗んでいたら、私にすぐに疑われちゃうじゃない……とすると……」

部屋を飛びだし、リビングを通り抜けて浴室に向かう。

脱衣場に置かれた洗濯機の上蓋を開けると、孝太郎の衣服のあいだから漆黒のランジェリーが覗いていた。

(あ、あったわ。でも……なんで、わざわざ洗濯機に放りこんだのかしら?)

小首を傾《かし》げてショーツをつまみあげたとたん、強烈な精液臭が鼻腔にへばりつく。

(あ、やっ⁉)

汚液のあとは確認できないが、においが下着から放たれているのは明らかだ。

孝太郎はザーメンを身体だけでなく、ショーツにまで飛ばしたのではないか。

(体液を拭き取ってはみたけど、においはどうにもならないし、私が朝起きたときにバレちゃうから、ブラといっしょに持ち運んだんだわ)

頭をひねって善後策を考えたのだろうが、少年の対応は穴だらけだった。

シャワーを浴びたなら化粧は必ず落とすはずで、寝室にはバスタオルがなく、素っ裸で自室に戻ったとは考えられない。

想定外の粗相にうろたえてしまい、正常な判断能力が働かなかったのだろう。

少年の泣き顔を想像しただけで、胸がキュンキュンした。

心の奥にひた隠していた情動が、堰《せき》を切ったように溢れだした。

孝太郎は性的な好奇心だけに衝き動かされたのではなく、すべてが愛情に裏打ちされた行為だったのだ。

彼の自分への恋心を知ってしまい、気持ちがざわめきだす。

禁断の関係を回避し、本来ならホッとするはずなのに、この満たされぬ思いはなんなのか。

(あぁ、そうよ……私も孝ちゃんのことが好きだから、龍一さんとの結婚を決めたんだわ)

孝太郎の困惑した顔を想像しただけで、女芯が甘くひりついてしまう。

紗栄子はこのとき、いたいけな少年との道ならぬ関係に熱い思いを秘めた。

2

その日の夜、夕食を済ませた孝太郎は自室でバラエティ番組を観ながらくつろいでいた。

（ふう……やっぱ緊張したなぁ）

射精後のあと始末は完璧にしたつもりだが、一抹の不安はどうしても拭《ぬぐ》えず、紗栄子と顔を合わせぬよう、朝早くに家を出たのである。

もちろん勉強に集中できるはずもなく、頭を何度も抱《かか》えては昨夜の浅はかな行為を悔やんだ。

いくら誘いをかけられたとはいえ、下着を脱がせてクンニリングスに没頭したばかりか、挿入直前に大量射精してしまうとは……。

本音を言えば、家に帰りたくなかったが、どこにも行く当てがなく、中学生が夜遅くまで出歩いているわけにはいかない。

仕方なく夕方過ぎに帰宅すると、紗栄子は明るい表情で迎えてくれ、昨夜の出来事を覚えている感じは見受けられなかった。

会話を交わすなかで恐怖心は薄らいでいき、三十分が過ぎる頃にはふだんと変わらぬ態度で接していたのである。

(あぁ、よかった……紗栄子さん、酔っ払って、昨日のことは全然覚えてないんだ。でも……)

童貞喪失の機を逃し、今度は残念な気持ちが心を乱す。

あんなチャンスは、もう二度と巡ってこないのではないか。

「……はあ」

溜め息をついたあと、扉がノックされ、孝太郎は片眉をピクリと吊りあげた。

「孝ちゃん」

「は、はい」

紗栄子の声にドキリとし、ベッドから跳ね起きて身を引きしめる。

「私、寝るからね」

「え、もうお風呂に入ったの?」

「うん、昨日、帰りが遅かったから、やっぱり寝不足みたい。もう眠くて……」

「そ、そう、わかった」

「孝ちゃんも、早く寝なきゃだめよ。明日は、学校なんだから」

「うん、そうする」

「じゃ、おやすみなさい」

「おやすみなさい」

ヘッドボードに置かれたデジタル時計を確認すると、午後十時を過ぎている。

（ぼくも……早く寝ようかな）

今日は一日中、不安と苦悩に苛《さいな》まれ、精神的にはくたくたの状態だ。

さすがにオナニーする気力もなく、孝太郎は番組が終了したところでベッドから腰を上げた。

テレビのスイッチをオフにし、チェストから取りだした下着とパジャマを手に自室をあとにする。

リビングの照明は落とされ、しんと静まりかえっていた。

すでに紗栄子は、眠りについたのだろうか。

（今日は……さすがに裸で寝てるわけないよな）

様子を覗きたい衝動に駆られるも、昨日の今日で、そんな度胸はあるはずがない。

精通を迎えてからオナニーせずに就寝するのは、旅行以来のことだ。

孝太郎は苦笑を洩らし、内扉を開けて浴室に向かった。

引き戸を開け放つと、脱衣場はいまだにムンムンとした熱気がこもっている。

二十分ほど前、熟女はこの場所で服を脱ぎ、美しい裸体を晒したのだ。

甘ったるい残り香が鼻腔《が》をくすぐり、股間の逸物がピクリと反応した。

(なんか、オナニーしたくなってきたな……いや、やっぱり今日はやめとこう)

Tシャツに続いてハーフパンツを脱ぎ、下着を捲り下ろす。

そろそろブリーフは卒業し、トランクスかボクサーブリーフにしようか。

そんなことを考えながら汚れ物をまとめて摑み、洗濯機に歩み寄る。上蓋を開けて放りこもうとした刹那、孝太郎は予想外の光景に目を剝いた。

紗栄子が先ほどまで着用していた部屋着の上に、ベージュのシルク生地が置かれている。フロント上部に小さな赤いリボン、裾にフリルをあしらった布地はショーツではないのか。

「あ、あれ……ま、まさか」

(ど、どうして……)

ひとつ屋根の下に暮らしてから、二カ月余り。洗濯機の中に、自分と父以外の衣服が入っているのは初めてのことだった。

家族の一員という自覚が芽生えたのか、それとも単に眠気から注意散漫になっていただけなのか。

どちらにしても、なめらかな光沢を放つビキニショーツは扇情的な魅力を放ち、少年の心をいやというほど惑わせた。

「あ、あ、あ……」

獰猛な牡の血が目覚め、沸々と煮え滾《たぎ》る。とたんにペニスがムズムズしだし、内腿を擦り合わせただけで鎌首が頭をもたげた。

（さ、紗栄子さんが今日、ずっと穿いてたパンティ……や、やばい、やばすぎるよ）

一度火のついた淫情は鎮まらず、瞬く間に紅蓮《ぐれん》の炎と化していく。

孝太郎はとりあえず入浴を後回しにし、脱いだ服を再び身に着けていった。

胸が高鳴り、えも言われぬ高揚感が全身に吹きすさぶ。

（ま、待てよ）

ショーツに手を伸ばしたところで、ある不安が忍び寄った。

紗栄子は、本当に就寝したのだろうか。うっかり洗濯機に入れたことを思いだし、回収しにくるケースがないとは限らないのだ。

（眠ったかどうか、ちゃんと確かめておかないと）

そう判断した孝太郎は引き戸をそっと開け、忍者のような足取りでリビングに戻った。キッチンの奥まで歩を進め、小窓を開けて頭を外に出す。

寝室のある方向に目を向けると、窓から室内照明の明かりは漏れていなかった。

(やった！　紗栄子さん、もう寝てる!!)

安心感を得るやいなや、ほくほく顔で浴室に取って返す。

孝太郎は手にしたショーツをパジャマと替えの下着のあいだに入れ、弾むような足取りで自室に戻った。

彼女の使用済みの下着でオナニーするのは、久しぶりのことだ。

あのときは時間的な制限から気持ちに余裕はなかったが、今日は違う。

(紗栄子さんは寝ちゃったし、父さんは海外出張でいないんだもんな！)

胸が重苦しくなり、性的な昂奮からペニスが早々とフル勃起した。

紗栄子に気づかれる可能性はゼロに近く、ゆったりした自分だけの空間で欲望の限りを尽くせるのだ。

(はあはあっ、旅行のときにはできなかったことをやるんだ！)

孝太郎は自室に飛びこむや、すかさず全裸になり、ギラギラした視線を至高のお宝に向けた。

「紗栄子さんがさっきまで穿いてた……ほかほかのパンティ」

ショーツを手にベッドに飛び乗り、顔を押しつけて転げまわる。仄《ほの》かに残る温もりにうっとりし、嗅覚を研ぎ澄ませて匂いを嗅ぎまくった。

甘酸っぱい芳香は、汗をたっぷり吸っているのか。さっそくウエストを広げて裏地を覗けば、前回と同様、淫らなスタンプが目を矢のごとく射抜く。

(あ、ああ、葛湯みたいな粘液がついてるっ!)

脱ぎたてのクロッチはまだ柔らかく、付着した刻印もカピカピしていなかった。レモンイエローの縦筋も鮮明で、汗と潮の香りが鼻腔を燻《いぶ》す。

(あ、あ、すごい、すごすぎる)

少年はかぐわしい香気に愉悦し、腰を切なげにくねらせた。

先走りの液が鈴口で透明な珠を結び、牡の証《あかし》が睾丸の中で乱泥流のごとくうねる。ふしだらな汚れに口を押しつけて舐めまわせば、クンニリングスとはひと味違う倒錯的な昂奮が交感神経を麻痺させた。

「ああっ、ああっ!」

低い唸り声をあげ、熟女の分泌臭を心ゆくまで吸いこむ。さらには唾液を少量ずつ送りこみ、股布にへばりついた淫らなシミを溶かしていった。

恥臭が匂いを増し、嗅覚をこれでもかと刺激する。

紗栄子の分身に思いの丈をたっぷりぶつけたあと、孝太郎は真顔でベッドから下り立った。

(はあはあ……や、やるんだ……旅行先ではできなかったことを)

ショーツの上縁を広げ、昂奮と緊張に身を強《こわ》ばらせる。口の中がカラカラに渇き、今は唾さえ飲みこめない。

「はあはあ……さ、紗栄子さんのパンティ」

孝太郎はやや身を屈《かが》め、扇情的な布地を片足ずつ通していった。

3

(やっぱり……なくなってるわ)

洗濯機の上蓋を開けた紗栄子は、平然とした表情でショーツの紛失を確認した。

今は恥ずかしさもショックもなく、高揚に近い気持ちが胸の内に広がる。

洗濯機に使用済みの下着を入れたのは、孝太郎に盗ませるための策略だった。

熟女は寝たふりをしながら、彼が罠にかかるのを今か今かと待ち構えたのである。

耳を澄まして気配をうかがうなか、少年は浴室とリビングを往復し、明らかに不自然な行動をとっていた。

頃合いを見計らい、事の首尾を確かめにくれば、案の定、孝太郎は下着を盗みだしていたのだ。

(今頃はきっと……)

はしたない妄想をし、これから彼に施す行為を思い浮かべただけで性感が上昇気流に乗りだした。

(おいたをした罰は、ちゃんと受けてもらわないと)

もちろん、それは義理の息子と深い絆を結ぶための言い訳にすぎない。

「……はあっ」

紗栄子は胸に手を添え、逸《はや》る気持ちを抑えてから孝太郎の部屋に向かった。

リビングを通り抜け、内扉を開けて廊下の奥を見つめる。

童顔の少年は、あのドアの向こうで欲望の限りを尽くしているはずなのだ。

愛欲の炎が燃え盛り、深呼吸しても動悸は収まらない。

(いきなりドアを開けるのは、さすがにまずいかしら? まずは、部屋の中の様子を探ったほうがいいかも)

息を潜め、音を立てぬよう、廊下を爪先立ちで歩いていく。

扉に片耳を押しつけて聴覚を研ぎ澄ませば、吐息混じりの声が微かに聞こえた。

「さ、紗栄子さんのパンティ」

少年の昂《たかぶ》りがドア越しにはっきり伝わり、緊張感が一気に押し寄せる。

おそらく孝太郎は下腹部を露出し、ショーツの匂いを嗅ぎながら自慰行為に熱中しているに違いない。

今なら、最高のタイミングになるのではないか。

かわいい泣き顔を想像しただけで、膣から淫液がしとどに溢れでた。

(エッチなお仕置き……してあげるんだから)

彼は義理の母との禁断の関係を望んでおり、甘美な罰を受けいれるはずだ。

大いなる期待を胸に、紗栄子はやや震える手で扉をノックした。

「孝ちゃん……ちょっといいかしら?」

「……え!?」

素っ頓狂な声が耳に届き、愕然としている姿が目に浮かぶ。

「開けるわよ」

「あ、ちょ、ちょっと待って!」

制止の懇願を無視してドアを開ければ、少年はショーツを穿こうとしている最中で、想定外の光景に息を呑んだ。

小柄とはいえ、男性と女性では骨格が違うのだろう。鼠蹊《そけい》部のあたりでとどまっている布地は、今にも裂けそうなほど張りつめている。

「な、何してるの？」

「あ、あ、あ……」

孝太郎はクロスした手で陰部を覆ったが、ショーツまでは隠せない。よほどショックだったのか、唇が青ざめ、細い腰がわなわな震えた。

「何をしてるのかって、聞いてるのよ」

まさか、使用済みの下着を直穿きしようとは……。

思いがけぬ展開に肝を潰したものの、怒りの感情は少しも湧かず、胸がキュンキュンときめく。紗栄子は後ろ手でドアを閉め、あえて目を吊りあげてから少年のもとに歩み寄った。

「あ、あぁ」

腰が抜けたのか、孝太郎はベッドに尻餅をつき、眉をハの字に下げる。熟女は腕を組んで仁王立ちし、子羊のように震える少年を睨みつけた。

「うとうとしたところで、洗濯機の中に下着を入れちゃったことを思いだしたのよ。

慌てて取りに戻ったら、ショーツだけないでしょ？　もう、びっくりしたわ。まさかとは思ったけど……」

彼は決して目を合わせず、俯いたまま唇を噛んでいる。

思考能力が麻痺しているのか、不埒な行為を後悔しているのか。

いずれにしても、紗栄子はかまわず、事前に用意していた言葉を連ねた。

「孝ちゃんがこんなことするなんて……がっかりしたわ」

孝太郎はとたんに大粒の涙をぽろぽろこぼし、鼻を啜りあげる。

（あぁン、泣かなくていいのよ！　私が仕掛けたことなんだから）

今すぐにでも抱きしめてやりたいが、甘やかすにはまだ早い。まずは自身の嗜好を満足させるべく、当然とばかりに厳しい指示を出した。

「立って、手を離して」

「……え？」

「何をしてたのか、はっきり見せてごらんなさい」

「あ、あの……」

「さ、早く」

「ご、ごめんなさい……それだけは許してください」

目を伏せ、肩を窄める仕草が母性本能をこれでもかとくすぐる。

紗栄子はパジャマの第一ボタンを外し、一転して優しげな口調で囁いた。

「反省してる姿を見せてくれるなら、許してあげてもいいのよ」

「……え？」

「そのためにも、何をしてたのか、ちゃんと把握しとかないとね」

究極の選択を突きつけ、その瞬間をワクワクしながら待ち受ける。

やがて決心したのか、孝太郎はゆっくり立ちあがり、ためらいがちに股間から手を外していった。

「……まあ？」

「ああっ」

羞恥にまみれた少年は顔を背け、額に脂汗を滲ませる。

ショーツは陰嚢の下でとどまり、男性器は剝きだしの状態だった。

ショックからか、生白い包茎ペニスは頭を垂れている。両サイドの布地は腰にいやというほど食いこみ、これ以上引きあげるのは無理だと思われた。

「やぁン、私のショーツ、引き裂かれそうじゃない」

「ご、ご、ごめんなさい！」

「穿こうと、思ってたのね？」

「は、はい」

「でも、ずいぶん中途半端なのね」

「き、きつくて……なかなか……穿けなかったんです」

孝太郎はそう言いながら、頬を林檎のように染める。

紗栄子は初々《うぃうぃ》しい反応に気を昂らせつつ、さらなる追い打ちをかけた。

「ちゃんと穿いてみて」

「……は？」

彼は鳩が豆鉄砲を食らったような顔をしたが、怯えた視線が一瞬だけ胸元に注がれ、ドギマギする表情に子宮がひりつく。

パジャマの襟元から覗く胸元にドキリとする反面、ただならぬ雰囲気を察しはじめているかもしれない。

胸とあそこには香水を振りかけており、仄かに漂う柑橘系の香りも脳幹を疼かせたのではないか。

少年は鼻をひくつかせ、不審者さながら目が泳いだ。

「私も恥ずかしい思いをしたんだから、孝ちゃんも同じ気持ちを味わってもらわないと、公平とは言えないわ。そうじゃない？」

口をへの字に曲げ、小さく頷く姿に心拍数が高まる。

「さ、穿いてみせて」

「そ、それで……ホントに……許してくれるの？」

「ええ、私は約束は破らないわ」

甘い声音で告げると、孝太郎はショーツの上縁に手を添え、内股の体勢から強引に引っ張りあげた。

丈の短いビキニショーツが性器を包みこめるはずもなく、ペニスの四分の三が露出し、細いクロッチの脇からはふたつの肉玉がはみ出す。

なんとも滑稽な姿を晒したものだが、彼はすぐさま恍惚とし、牡の紋章が目に見えて膨張率を増した。

男根の中心に硬い芯が入り、宝冠部がパンパンに張りつめる。ウエストのゴムが裏茎に食いこみ、太い青筋が胴体にびっしり浮きあがった。

「あらあら、どうしちゃったの、これ？」

「はふっ、はふっ」

「おチ×チン、こんなに勃起させせちゃって」

「は、はぁぁっ！」

男性器の俗称が多大な刺激を与えたのか、少年は膝をガクガクさせる。紗栄子は彼の真横に回りこみ、おっとりした言葉責めで性感をあおった。

「とても反省してるようには見えないけど？」

「はあはあ、はあぁっ」

「孝ちゃんのおチ×チンには、悪いウミがたくさん溜まってるのね」

「お、おふっ！」

「いいわ、今回は特別に許してあげる……その代わり、こんなことは二度としちゃだめよ。約束できる？」

「は、は、はい、約束します！」

「勉強もしっかりして、我慢できなくなったときは正直に言うこと……そのときは孝ちゃんの白いミルク、私が一滴残らず搾り取ってあげるから」

「あ、あ、あ……」

最後の言葉を耳元で甘く囁《ささや》くと、孝太郎は天を仰いで腰を震わせる。

次の瞬間、ペニスがメトロノームのように揺れ、鈴口から大量の白濁液がびゅるんと迸《ほとばし》った。

「きゃっ！」

「あ、ふぅぅぅっ」

牡のエキスは首の高さまで跳ねあがり、フローリングの床に着弾する。さらには二発三発四発と立てつづけに放たれ、紗栄子は凄絶な射精シーンに言葉を失った。

（ま、まさか……触れてもないのに、イッちゃうなんて）

いやらしいセリフは、初心《うぶ》な少年に著しい昂奮を与えたのだろう。

噴水さながらの放出に呆然とするも、栗の花の香りが鼻腔に忍びこむや、女の中心部がおびただしい量の愛蜜でぬめりかえる。

孝太郎は七回の射精を繰り返し、精も根も尽き果てたのか、ベッドへ仰向けに倒れこんだ。

「はあふうっ、はあ、はあぁっ」

肩で息をする少年を見下ろし、喉をコクンと鳴らす。

（すごいわ……こんなにたくさん出るなんて）

大量放出したにもかかわらず、ペニスはいっこうに萎えず、依然として逞しい漲《みなぎ》りを誇っていた。

包皮の下から覗くピンク色の亀頭が、しゃぶりつきたくなるほど愛らしい。

（ああ、剝きたい……おチ×チンの皮を剝いて、舐めまわしたいわ）

果たして、童顔の少年はどんな反応を見せてくれるのだろう。

己のリビドーを解放した熟女は、舌舐めずりしながらベッドに這いのぼった。

4

（はあ、すごい、すごいよ……こんなことって……）

自身の身に起こった現実が、いまだに信じられない。

紗栄子の声が聞こえてきたときは、まさしく天国から地獄へ真っ逆さま。快感は恐怖心に取って代わり、金縛りにあったように動けなかった。

しかも、盗んだ下着を穿いている最中にドアを開けられてしまうとは……。

最悪のタイミングに思考が追いつかず、恥部を隠すことだけで精いっぱいだった。

やはり悪いことはできないのだと、後悔の嵐に見舞われ、激しい叱責と侮蔑の言葉を覚悟したのである。

（それなのに……）

パンティの着用を指示され、湿ったクロッチが陰嚢に触れたとたん、ペニスはパブロフの犬とばかりに屹立した。

同時に紗栄子から放たれる妖艶な雰囲気に気づき、淫らな言葉責めを受けたときは心臓がドラムロールのごとく鳴り響いた。

内から迫《せ》りあがる欲望の塊《かたまり》を抑えられず、自分の意思とは無関係にザーメンを噴出させていたのだ。

(我慢できなくなったときは、搾り取ってあげるって……言ってたよな?)

熱に浮かれ、自分の都合のいいようにとらえてしまったのか。

虚ろな目を向けると、紗栄子はベッドに横座りし、半身の体勢から唇を尖らせた。

「ンぅ、やだわ……いきなりイッちゃうなんて」

「ご、ごめんなさい」

「でも、すごいわ……こんなにたくさん出したのに、勃ちっぱなしじゃない」

「……あ」

下腹部を見下ろすと、ペニスは確かに硬直状態を維持している。モヤッとした気持ちは鎮まらず、このまま二発目もいけそうだ。

「ひょっとして……まだ溜まってるのかな?」

意味深な笑みを浮かべる美熟女に、獰猛な性感が息を吹き返す。

縋《すが》るような視線を向けた瞬間、彼女は身を屈め、髪を掻きあげながら唇を窄めた。透明な粘液が滴り落ち、怒張をゆるゆると覆い尽くしていく。

「あ、あぁぁあっ」

目を見開くと同時にしなやかな指が肉幹に絡みつき、青白い性電流が身を貫いた。

(さ、紗栄子さんが、ぼくのチ×ポをっ⁉)

神経が鋭敏になり、温かくて柔らかい感触をはっきり感じる。自分の手とは次元の違う気持ちよさに、孝太郎は臀部をバウンドさせた。

「信じられないわ……イッたばかりなのに、小さくならないなんて」

「はあはあっ」

「自分でするときも、こんな感じなの？」

「は、は、はいっ……五回続けて……したことも……あります」

「えっ⁉　ホントに？」

「出しても出しても……エッチなことばかり……考えちゃって」

白魚のような指でペニスをしごき、言葉どおりに一滴残らず搾り取ってほしい。内腿をすり合わせて意思表示するも、紗栄子は意地の悪い質問で焦燥感をあおった。

「ふうん、どんなこと考えてしてたの？」

「……は？」

「パンツの匂いを嗅いだり、穿いたりだけじゃないわよね。他にもいろんなこと、想像してたんじゃない？」

「そ、それは……」

あらゆる妄想で義理の母を穢してきたが、恥ずかしくてとても言えない。

言葉に詰まると、彼女は酷薄な笑みを浮かべて追いつめた。

「ちゃんと言わないと、これでやめちゃうわよ」

「あ、ああっ、い、言います！」

懸命に息を整え、喉の奥から声を絞りだして答える。

「お、おっぱいを見せてもらったり……」

「それから？」

「お尻を顔に乗せてもらったり……」

「まあ、いやらしい」

キッと睨みつけられただけで性の悦びに打ち震え、孝太郎は腰を女の子のようにくねらせた。

「他には？」

「あ、あの、太腿で顔を挟んでもらったり……お口でしてもらったり……あそこに、チ×チンを挿れたりとかです」

「あそこじゃ、わからないわ。どこ？」

「お、お、おマ×コです！」

次々と襲いかかる昂奮の高波に声が上ずり、全身の痙攣が止まらない。

恥ずかしい告白を強《し》いられたあと、紗栄子はねめつけたまま、バラのつぼみのような唇を開いた。

「パンツを盗んだばかりか、そんなはしたないことまで考えてたなんて……お仕置き、たっぷりしなきゃいけないわね」

「あ、ああっ!?」

指に力が込められ、ペニスに快感が走ると同時に両足が突っ張る。頭を起こして目を剝くと、剛直の先端にピリリとした感触が走った。

「あ、な、何を？」

「おチ×チンの皮、剝くの。このままじゃ不潔だし、女の子とエッチできないわよ。ちゃんと矯正しておかないと」

確かに、アダルト動画に出演しているＡＶ男優に包茎は一人もいなかった。

自然と剝けてくるのではないかと考えていたが、どうやら違うらしい。

「女の子とエッチできない」という言葉にショックを受け、抵抗感を無理やり抑えこむ。大人の男になるためには、我慢するしかないのだ。

(それにしても、紗栄子さん……なんてやらしいことするんだよぉ)

清廉と思われた美熟女の破廉恥な行為に、白濁のマグマがまたもや荒れ狂い、孝太郎は括約筋を引きしめて踏ん張った。

「ほうら、ピンクの頭が出てきたわ。もうちょっとで、剝けそうよ」

「あ、あうぅっ」

膨張率が半端ではなく、包皮は雁首でとどまったまま、反転の兆しを見せない。

少年はブランケットに爪を立て、大人への通過儀式を耐え忍んだ。

「あぁ、痛い、痛いです」

「我慢しなさい、男の子でしょ?」

泣き顔で腰をよじった瞬間、紗栄子は渾身の力を込めて包皮をズリ下ろし、パンパンに張りつめた宝冠部が剝きだしになった。

快楽の稲妻が脳天を貫き、腰部の奥が甘ったるい感覚に包まれる。

「はひっ!」

孝太郎は奇妙な呻き声をあげると、呆気なく射精へと導かれた。

「きゃンっ！」

ザーメンは打ち上げ花火のように跳ねあがり、自身の首筋や胸元を打ちつける。

二度目とは思えぬ放出ぶりに、紗栄子は驚きの声をあげて身を仰け反らせた。

吐精は五回を数えたところでストップし、陶酔のうねりが押し寄せる。

それでも翻転した包皮が雁首の根元をギュッと締めつけ、孝太郎は不可思議な感覚に顔をしかめた。

「はぁ、驚いた……続けざまにイッちゃうなんて」

熟女は呆れた声で呟《つぶや》き、ヘッドボードに置かれたティッシュ箱に手を伸ばす。

そして数枚のティッシュを抜き取り、身体にへばりついた精の残骸を丁寧に拭き取った。

「すごいにおいだわ……目眩《めまい》がしそう」

彼女の声を遠くで聞きながら、目を閉じて荒い息継ぎを繰り返す。

ティッシュが亀頭に触れるたびに、むず痒い感覚が走り、少年は何度も身をひくつかせた。

「ふふっ、くすぐったいの？」

「あ、は、はい」

目をうっすら開けて見下ろせば、包皮は剝かれたままの状態で、先端がかぶれた肌のように腫れている。

二度の放出でも満足できないのか、いまだに硬い芯を注入させていた。

「全然、小さくならないわ……いったい、どうなってるの?」

「ご、ごめんなさい」

「あぁン、謝ることじゃないわ。でも……これじゃ、変なこと考えちゃうのも無理ないわね」

紗栄子はザーメンまみれのティッシュをゴミ箱に放りこみ、パジャマのボタンを外していく。

(ま、まさか……まだ、このあとが……)

固唾を吞んで見守るなか、合わせ目から巨房がぶるんと弾けだし、尋常とは思えぬ肉量に目を丸くした。

「おっぱい、見たかったんでしょ?」

「あ、あ……」

先ほど口走った望みを、すべて叶えてくれるのかもしれない。

喜悦と期待の渦に巻きこまれ、昂奮のタイフーンがみたび勢力を増した。

(ぼ、ぼく……他には、なんて言ったっけ？)

頭の中がエロ一色に染められ、今や記憶すら飛んでいる。

紗栄子は上着を脱ぎ捨て、豊熟の胸乳を誇らしげに迫りだした。

抜けるように白い膨らみと、くっきりした谷間の破壊力に目が吸いこまれ、甘い匂いが悩ましく揺らめく。間を置かずにズボンが下ろされ、グラマラスな下肢と派手な下着に性感覚が撫でられた。

(あ、ああ、マ、マイクロビキニだぁ)

ビビッドイエローのショーツは股布が異様に小さく、サイドの細い紐が肉感的な腰にぴっちり食いこんでいる。

背面は確認できないが、この様子だと、Tバック仕様なのではないか。

思わず鼻の穴を拡げると、紗栄子は膝立ちの状態になり、むっちりと脂の乗りきった太腿が弾み揺らいだ。

(相変わらず、すごい太腿……あ、あっ!?)

彼女は何を思ったのか、身を転回させて孝太郎の顔を跨ぐ。

予想どおり、ショーツはTバックで、大玉スイカをふたつ寄り合わせたような生尻がふるふると揺れながら迫った。

　陰部を覆う三角布地は小さく、縦筋を隠しているだけにすぎない。ふっくらした大陰唇もやたら扇情的で、過激なアングルに脳の芯がビリビリ震える。

　豊臀がゆっくり沈みこむと、少年は目をカッと見開いた。

（そ、そうだ！　お尻を顔に乗せてほしいって言ったんだ……あ、ぷっ!!）

　ふんわりした肉の丘陵が顔面を覆い尽くし、股の付け根が鼻先に押しつけられる。

　紗栄子は全体重をかけていないのか、それほどの重みは感じない。

　かぐわしい芳香が鼻腔に粘りつき、ふにふにした柔らかい感触と心地いい重量感が少年にバラ色の愉悦を与えた。

「お、ごぉぉぉっ」

　額と両頰はもちもちした尻肉、鼻と口は女陰が密着しているのだから、まさに極上のひとときとしか思えない。

　くんかくんかと匂いを嗅ぎ、唇を動かしてショーツ越しの肉の尖りをなぞる。

　細いクロッチはすでにぐしょ濡れの状態で、淫液がジュクジュクと布地を通して染みだした。

「ふふっ、おチ×チン、またギンギンになったわ」

「むふぅっ！」

紗栄子は肉筒を握りしめ、ゆっくりしごきたてる。

再び唾液をまぶしたのか、にちゅくちゅと猥音が鳴り響き、美熟女から受ける手コキの気持ちよさに下肢の筋肉が強ばった。

「むう、むうっ！」

全身が燃えあがり、次第に脳内酸欠に陥る。手のひらでベッドを叩くと、ヒップが微かに浮き、孝太郎は息をブワッと吐きだした。

「はふぅ、はふぅ」

「苦しかった？」

「は、はいっ、はあはあ」

紗栄子は桃尻をぶるんと揺らし、身を反転させて艶然とした笑みをたたえる。そしてクロッチを脇にずらし、すっかり熟しきった果肉を剝きだしにさせた。

「で……おチ×チン、挿れるんでしょ？」

「……え？」

とろんとした目を向け、先ほど口にした淫らな告白を思いだす。

（そ、そうだ、言った、確かに、おマ×コに挿れたいって言った！）

美しい熟女は、童貞の男なら誰もが描く願望を叶えてくれるのだろうか。

期待に胸を膨らませれば、彼女はヒップを後方にずらし、下腹に張りついた怒棒を垂直に起こした。

「あ、ああっ！」

紗栄子は大股を広げ、肉槍の穂先を濡れそぼつ恥割れにあてがう。ぬめっとした感触が先端を包みこんだ瞬間、背骨が蕩けそうな快美が襲いかかった。

「ぐ、ふっ」

「もう、挿れちゃうから」

甘ったるい声が鼓膜を揺らし、結合の一瞬を瞬きもせずに見つめる。

二枚の肉びらが亀頭を捕食し、膣内にゆっくり招き入れられると、にちゅちゅちゅという擦過音とともに熱い粘膜が肉幹に絡みついた。

「あ、ほぉぉっ！」

ぬっくりした媚肉の感触に、童貞喪失の実感が湧かぬまま驚嘆の声をあげる。

（な、なんだよ、これ……き、気持ちよすぎるぅ！）

包皮を剝かれた宝冠部はまだヒリヒリしているが、ねとねとの膣肉がしっぽり包みこみ、決して痛みを与えない。

生まれて初めて味わう女体の素晴らしさに、ちっぽけな自制心など今にも吹き飛びそうだ。

「あ、お、お、おっ」

「あ、硬い……孝ちゃんのおチ×チン、すごく硬いわ」

紗栄子は眉間に皺を刻みつつ、時間をたっぷりかけて巨尻を落としていく。やがて怒張は根元まで埋没し、彼女の昂りが粘膜を通してはっきり伝わった。

「はああぁっ……全部入っちゃったわ。孝ちゃん、大人の男になったのね」

優しげな微笑に胸がときめくも、童貞を捧げた喜びに浸る間もなく、快楽の海原に放りだされる。

紗栄子は腰を動かしていないのに、膣襞が生き物のようにうねりくねり、男根を上下左右から揉みこんでくるのだ。

セックスの醍醐味を堪能していないのに、放出するわけにはいかない。

孝太郎は下腹に力を入れ、顔を真っ赤にして肉悦に抗《あらが》った。

「ふふっ、中でビクビクしてるわ……いい？　できるだけ我慢しなきゃだめよ。イキそうになったら、ちゃんと言うこと」

「ぐ、くっ」

「わかった？」

「ふぁ、ふぁい」

嗄《か》れた声で答えた瞬間、ヒップが小刻みにバウンドし、締めつけがより強くなる。

スローテンポの抽送にもかかわらず、快感は二倍にも三倍にも膨れあがり、少年は歯を剝きだして射精願望を堪《こら》えた。

「はあぁ、気持ちいい……おチ×チン、熱いわ……あそこの中が火傷《やけど》しそう」

孝太郎も同じ気持ちで、肉洞の中は溶鉱炉のように燃えさかっている。豊臀がくねるたびにペニスが揉みくちゃにされ、頭の中で白い光が何度も明滅した。

ずちゅん、ずちゅん、ぐちゅ、ぬちゅ、ぐぷぷっ！

結合部から卑猥な水音が響き、垂れ滴る温かい淫液が陰嚢をしっぽり濡らす。

紗栄子はヒップをくるんと回し、今度は恥骨を前後に小さく振りだした。

「ぬ、ぐうっ」

イレギュラーな動きが新鮮な刺激を吹きこみ、えも言われぬ悦楽がセルフコントロールを上まわる。

やがて両膝を立て、本格的なピストンで剛槍を蹂躙した。

「ああ、いい、いいわぁ！　雁首が気持ちいいとこに当たって、ンはっ、ンむっ、やはっ、はひン、ンはぁあぁあっ」

「む、むむっ」

美熟女は髪を振り乱し、徐々に腰のスライドを速めていく。

双臀が太腿をバチンバチンと打ち鳴らし、ベッドが激しく軋《きし》んだ。律動のたびに巨乳がワンテンポ遅れて上下し、息が詰まるほどの迫力に恐怖心さえ抱いた。

汗に濡れた肢体が、照明の光を反射して悩ましい光沢を放ちだす。

エロチックな姿と雰囲気に、経験不足の少年は反撃に転ずることもできぬまま崖っぷちに追いこまれた。

挿入してから、まだ三分と経っていないのではないか。

苛烈なピストンに心を掻き乱され、生命の源が濁流と化して射出口に集中する。

「ああ、も、もうだめ、イクっ、イッちゃいます」

「だめっ！　もう少し我慢してっ！」

放出の瞬間を訴えると、紗栄子は金切り声で咎《とが》め、さらに艶尻を目にもとまらぬ勢いでしゃくった。

「く、おぉぉぉっ！」

とろとろの媚肉が胴体をこすりあげ、はたまた引き転がす。熱の波紋で思考が蕩け、射精への導火線に火がつく。

ついに限界を突破した少年は、身を弓なりに反らせて叫んだ。

「イクっ！　イクっ！　イックぅぅっ!!」

脳内が白い輝きに塗りつぶされたとたん、紗栄子がヒップを上げ、膣から肉棒を引き抜く。そして足のあいだに腰を落とし、淫液でどろどろになったペニスを激しくしごいた。

「いいわよ、イッて！　キンタマの中が空っぽになるまで、たくさん出しなさい！」

卑猥な言葉が耳に届くと同時に、少年は顎を突きだしたまま性の号砲を轟かせた。

鈴口から淫欲のエネルギーがピュッピュッと放たれるも、放出の瞬間は目に入らない。甘い戦慄が全身に波及し、至高の悦にどっぷり浸った。

「いやだわ……三回目なのに、まだこんなに出るの？」

柔らかい手のひらが胴体を往復するたびに、腰がビクンビクンと引き攣る。

「ぐっ、うっ」

「はあ……すごいにおい……全部、出た？　まだ、残ってるんじゃない？」

紗栄子は最後に根元から皮を鞣《なめ》すように絞りあげ、尿管内の残滓《ざんし》がひと際高く跳ね飛んだ。

「やぁン……すごい」

熟女の甘やかな声を聞きながら、恍惚の表情で快楽の波間をたゆたう。

女に縁はないと思われた自分が憧れの人に童貞を捧げ、夢にまで見た妄想の数々を実現させたのだ。

（ああ……ぼく、世界一幸せな中学二年生かも）

孝太郎はうっとりしたまま、いつまでも全身を痙攣させていた。

第四章　小悪魔系熟女のオイル手コキ

1

翌日の十月三日、月曜日。

授業を終えた孝太郎は、寄り道をせずに自宅マンションに帰った。

明日は創立記念日のため、紗栄子と終日、いっしょにいられるのだ。

目を輝かせてエレベータに乗りこむも、下腹部の違和感に眉をひそめる。

（あぁ……また、元に戻っちゃった）

包茎矯正は童貞を捧げた直後から挑戦しているが、さりげない動作でも、パンツの裏地にこすれた皮が宝冠部を包みこんでしまうのだ。

今日は学校のトイレで、包皮を剝き下ろす作業を何度繰り返したことか。

(ホントに、剝けたままになるのかな?)

数をこなしていけば、先端のひりつきは失せるだろうし、包皮もズル剝けの状態を保てるはずなのだが……。

仕方なくズボンのウエストから手を突っこみ、皮を捲り下ろすも、絶えず妙な感覚に襲われて落ち着かない。

(そんなこと、言ってられないよな……明日は、紗栄子さんとエッチする約束をしたんだから)

三度の放出でも満足できず、精巣は一夜で大量のザーメンを製造した。

今朝、溜まったことを遠慮がちに告げると、彼女は最初こそぽかんとしていたものの、にっこり笑って了承してくれたのだ。

昨夜の出来事を思い返しただけでペニスは体積を増し、猛々《たけだけ》しい淫情が少年の理性を蝕《むしば》んだ。

(やばい、ムラムラが……全然収まらないよ)

性欲のスイッチが完全に入ってしまったのか、ペニスはフル勃起したまま少しも萎《な》えない。

明日の予定を、今日に変更してくれないだろうか。

できることなら、すぐに肌を合わせ、牡の証《あかし》を心ゆくまで放出したかった。

(あぁ……紗栄子さんの裸を見たい……とろとろのおマ×コに、チ×ポを挿れたいよ)

淫らな妄想が頭から離れず、エレベータが最上階に達するや、脱兎《だつと》のごとく飛びだす。少年は一刻でも早く彼女に会いたいがため、駆け足で部屋に向かった。

(紗栄子さん、何やってるのかな?)

リビングで仕事をしているのか、それとも夕食の支度をしているのか。

午後四時過ぎという時間帯を考えれば、食事の仕込みに取りかかっていても不思議ではない。

玄関扉を開けて靴を脱ぎ、息を弾ませて廊下を突き進む。

「……ん?」

異変を察知した孝太郎は、リビングに通じる内扉の手前で立ち止まった。

(なんか、シャワーの音が聞こえたような気がしたけど……)

踵《きびす》を返して浴室に歩み寄り、耳を澄ますと、確かに水の音が微かに聞こえる。

もしかすると、外出先から帰宅してシャワーを浴びているのだろうか。

(い、いや……紗栄子さんも気が変わって、エッチをするつもりで身体をきれいにしているのかも)

都合のいい思考にとらわれ、自然と口角が上がった。

もし全裸で乱入したら、彼女はどんな反応を見せるだろう。

びっくりはするだろうが、激怒するとは思えず、そのまま禁忌の関係になだれこむ展開を思い描く。

孝太郎は学生カバンを脇に置き、さっそく制服を脱ぎはじめた。

パンツを下ろせば、勃起が下腹をベチーンと叩き、狂おしげな欲求に腰をよじる。

真っ裸になった少年は、そっと開けた引き戸の隙間から中を覗きこんだ。

脱衣籠に白いワンピースが見て取れ、シャワーの音がはっきり聞こえる。

(やっぱり……紗栄子さん、汗を流してるんだ)

浴室に目を向けると、磨りガラスの向こうに女性のシルエットが透けて見えた。

胸をワクワクさせ、上唇をペロッと舐めてから脱衣場に足を踏み入れる。

孝太郎はコソ泥さながらの足取りで歩を進め、折戸の取っ手に手を添えた。

(ここでバレたら、つまらないよな……ん、髪を洗ってるのかな? ちょっとぐらいの音なら、気づかないかも)

そう判断して慎重に開けると、湯気の向こうでプリンとしたヒップが揺れている。

幸いにも、紗栄子は背を向けている状態だった。

コチコチのペニスを桃尻に押し当てたら、さすがに金切り声をあげるだろうか。

（やっぱり、声をかけてから入ったほうがいいかな？　あ、あれ……）

よくよく見ると、ふくよかなボディラインがすっきりしており、ロングヘアも短くカットされている。

（び、美容院に行ったのか……あ、ああっ！）

女性がシャワーの栓を閉めたとたん、湯気が立たなくなり、頭や身体の輪郭を目《ま》の当たりにして驚嘆した。

（さ、紗栄子さんじゃない!?）

すかさず扉を閉めようとしたが、慌てふためき、手の甲を磨りガラスにぶつけてしまう。

女性が肩越しに振り返ると、自分が悲鳴をあげていた。

「わ、わあああっ！」

見知らぬ顔に恐れおののき、股間を隠すのも忘れてあとずさる。そのままバランスを失って倒れこみ、反対側の壁に後頭部をしこたまぶつけた。

「ぎゃっ！」

「ちょっと！　大丈夫？」

「あつっ、あたたたっ」

女性はフックに掛けていたバスタオルを身に巻きつけ、浴室から出てきたが、顔はとても見られなかった。

彼女は棚に置かれたバスタオルを手に取り、身体にかけてくれるも、恐怖心は拭《ぬぐ》えない。

いったい誰なのか。そして、この状況をどう説明すればいいのか。

孝太郎は口元を引き攣らせたまま、震える声で問いかけた。

「あ、あ、あの……どなたですか？」

「ふふっ、瑠美《るみ》よ」

「……え？」

「あなたのお義母さんの妹！　入籍する前に、食事会で一度会ってるでしょ？」

「……あっ」

まじまじと見つめれば、女性の顔には見覚えがある。

黒髪のショートボブ、猫のような目、小さな鼻に形のいい唇は確かに紗栄子の妹の瑠美だった。

元来の恥ずかしがり屋から、食事会のときはほとんど会話を交わさなかったが、肌の張りや艶が瑞々《みずみず》しく、二十九という年齢を知って驚いた記憶がある。

出身地の金沢《かなざわ》でエステサロンを経営していると聞かされ、妙に納得したものだ。

「久しぶりね、まさかこんな再会になるとは思ってなかったけど……頭、ホントに大丈夫なの？」

「あ、は、はい、平気です……でも、どうして？」

「先週ね、お姉ちゃんから、あなたのお父さんが海外出張に行くって話を聞いたの。それで休みを取れるように調整して、遊びにきたっていうわけ」

「き、聞いてなかったですけど……」

「そりゃ、そうよ。だって、上京は今日の朝、決めたんだもの」

「え、ええっ!?　いきなり来たんですか!?」

「いやね、家を出る前に電話はしたわよ。お姉ちゃん、びっくりはしてたけど」

そう言いながらケラケラと笑う瑠美を、孝太郎は唖然と見つめた。

食事会のときは気づかなかったが、とても人懐っこく、フランクな性格をしているらしい。

紗栄子とはタイプが違うが、目元が似ており、笑顔がチャーミングな女性だ。

事情を察して安堵したものの、全裸の状態を思いだし、恥ずかしげにタオルで股間を隠す。

「あの……紗栄子さん……いや、お姉さんは？」

「私が着いたあと、すぐに夕食の買い出しにいったわ。それで、浴室を貸してもらったの」

「そ、そうですか」

「もう、本当にびっくりしたわ……大きな音がして振り返ったら、孝太郎くんが真っ裸で突っ立ってるんだもん」

紗栄子と勘違いしたとは、口が裂けても言えない。

昨夜の出来事は、決して知られてはいけないことなのだ。

「ご、ごめんなさい……今日は体育ですごい汗を掻いたから、すぐにシャワーを浴びたかったんです、でも……ボーッとしてて、人が入ってることに気づかなくて……」

とっさに思いついた嘘を口にすると、瑠美はコクコクと頷《うなず》いた。

「なぁんだ、そうだったんだ……こちらこそ、ごめんなさいね。勝手に押しかけたんだから、孝太郎くんが謝ることじゃないわよ」

「す、すみません」

疑念を抱いた様子はなく、ようやく緊張から解放される。脱力すると、瑠美は一転して恥ずかしげに呟いた。

「悪いんだけど、シャワー、もうちょっと待っててくれる？　着替えるから」

「あ、は、はいっ！　すぐに出ていきます！」

「あら、服は？」

「あ、あの……廊下で脱いじゃって」

「まあ、小さな子供みたいね」

「すみません！　急いでないので、ゆっくりしてください！　失礼します!!」

目を細める美女を尻目に、立ちあがりざま脱衣場を飛びだす。

引き戸をぴっちり閉めた直後、全身の毛穴から汗が一気に噴きだした。

(よかった、変に勘ぐられなくて……でも、いつまで滞在する予定なんだろ？)

予期せぬ訪問者に、戸惑いの色は隠せない。

父の帰国まで十日もあるが、滞在が長引けば長引くほど、紗栄子との秘めやかな機会も減ってしまうのだ。

(今日はもちろん、明日のエッチも延期ということになるかも)

肩を落とした少年は、ただ複雑な表情を浮かべるばかりだった。

2

「お姉ちゃん、また太ったんじゃない？」

「失礼ね！　あんただって、高校生のときはブクブク太ってたじゃないの」

「今は、違うでしょ」

その日の夜、食事のデザートを食べている最中、紗栄子は憎まれ口を叩く瑠美を軽く睨みつけた。

昔からおっとりした性格ではあるが、歳が五つも離れているせいか、末っ子特有のわがままな一面も持ち合わせている。

それでも両親亡き今、唯一の身内である妹はやはりかわいい。

「小さい頃は、私にひっついて離れなかったくせに」

「懐かしいわ……そんなこともあったわね」

一人っ子の孝太郎は姉妹の会話を目をしばたたかせて聞いていたが、心の内は手に取るように把握できた。

明日は秘めやかな関係を結ぶ約束をしていただけに、穏やかではないのだろう。盛んに、心ここにあらずという素振りを見せている。

(ふふっ、悶々としてるのが、よくわかるわ……心配しなくて、いいのよ。二人きりになれるチャンスは、ちゃんと考えてあるんだから)

逞しい射精を思いだしただけで、甘い期待に肉体の芯が疼いた。

「孝ちゃん、明日、創立記念日で学校、休みなんでしょ?」

「……うん」

「実は……急な仕事が入っちゃって、朝から夕方まで帰れないの」

「え……そ、そうなんだ」

「瑠美、悪いけど、孝ちゃんの相手、してやってね」

「わかった、明後日とその次の日は学生時代の友だちのうちに泊まるから……えっと、金曜の夜には戻ってくるわ」

「かまわないわ……ところであんた、いつまでこっちにいるの?」

「土曜に帰るつもりよ」

夫の帰国日は来週の金曜で、瑠美が五日後に帰郷するなら、孝太郎との接点はいくらでもある。

ホッとしたのか、少年は明るい表情に変わり、自ら会話に入ってきた。

「あ、あの……学生時代の友だちって、何人か東京に出てきてるんですか？」

「あら、お姉ちゃんから聞いてない？　私、東京の大学に通ってたのよ」

「そ、そうだったんですか」

「卒業して、一年後に帰ったんだっけ？　五年間、いっしょに暮らしてたのよね」

「そっ、自分の店を持つのが夢だったんだけど、東京だと家賃が高いし、それで地元に帰ることにしたの」

「ふうん、金沢ですよね？」

「孝太郎くん、行ったことある？」

「い、いえ……残念ながら一度も」

孝太郎が首を横に振った瞬間、瑠美は手のひらをポンと叩いて身を乗りだした。

「そうだ！　ねえ、二人とも金沢に来ない？」

「えっ!?」

「来週の月曜はスポーツの日で、学校も休みなんでしょ？　土日は私のマンションに泊まって、月曜に帰ればいいじゃない！」

「うーん、そうねぇ……そう言えば、金沢には久しく帰ってないわ」

「幼馴染みのレイコさんも、会いたがってたわよ」

「レイコかぁ……ときどき電話連絡だけはしてるけど、彼女とも三年ほど会ってないわね」

「お姉ちゃんも仕事があるし、こんなときにしか帰れないんじゃない？」

少年の様子をうかがえば、すかさず眉根を寄せ、表情が故障した信号機のようにくるくる変わる。

紗栄子は微笑を浮かべ、鷹揚《おうよう》とした態度で口を開いた。

「どうかしら……孝ちゃんも、いっしょに行ってみない？」

「う、うん」

いかにも気乗りのしない返事だが、中学生に留守番をさせて家を空けるわけにはいかないのだ。

「その代わり、帰ってきたあと、孝ちゃんのリクエストはなんでも聞いてあげるから。ねっ？」

交換条件を提示すると、孝太郎はニコリともせずに低い声で答えた。

「うん、わかった……ぼくも行くよ」

「そう、じゃ、瑠美、二日間だけお邪魔させてもらうわ」

「オッケーよ」

彼がやや口ごもったのは、明日の予定がどうなるのか、不安を感じているからに違いない。

紗栄子は椅子から腰を上げ、三人分の食器を集めたところで誘いをかけた。

「孝ちゃん、明日の夜、ジムに行きましょ」

「……へ？」

「ジムって……ここの住民だけが使用できる、地下にあるジム？」

瑠美がぽかんとした顔で問いかけ、キッチンに向かいながら答える。

「もちろん、そうよ」

「一日中、開いてるの？」

「まさか、九時までよ。いつも、管理人さんが閉めてから使用するの。誰もいないから、のんびりできるでしょ？」

「オーナーの特権というわけね……いいなぁ、私もいつかはこんな高級マンションに住んでみたいわ」

「ジムは、あなたも利用していいのよ」

「あいにく、そっちのほうには全然興味ないのよね」

「そう言うと、思った……孝ちゃんは、身体鍛えたいのよね？」

「……え？」

孝太郎はきょとんとしていたが、肩越しにウインクすると、どんよりしていた目が輝きだした。

現金というか、わかりやすいというか、こちらの意図を察したらしく、早くも淫らな妄想を描いているのだろう。

「う、うんっ！」

「じゃ、明日の九時過ぎにね」

「わかった！　ごちそうさまっ!!」

少年は椅子から立ちあがり、喜び勇んで自室に戻る。

（あと、ほんの少しだけ我慢してね）

明日の展開に思いを馳せつつ、紗栄子自身も身体の芯を熱くさせていた。

3

（瑠美さん、いつまで寝てるんだろ？）

翌朝、紗栄子を見送ったあと、孝太郎は朝食をぱくつきながら壁時計を見あげた。

時刻は午前九時を過ぎているのに、瑠美はいっこうに起きてこない。

朝寝坊するほど、仕事の疲れが溜まっているのだろうか。

(こっちは、別のものが溜まってるけど……)

今日の夜は、間違いなく牡の欲望を発散できるのだ。若々しい精力は期待感を膨らませ、ペニスがパンツの下で半勃起した。

(こんな調子で、夜まで待てるのかなぁ……ああ、したい、やりたい、たくさん出したい)

激しい性欲に食欲が失せ、トーストを半分残して席を立つ。

少年は食器を下げつつ、突っ張った股間を恨めしげに見下ろした。

部屋にこもっていたら、なおさら悶々としてしまいそうだ。外出して、気持ちを紛らわせたほうがいいかもしれない。

「……あれ？」

キッチンに向かったところで、孝太郎は水切りラックの中に置かれたジューサーに目をとめた。

(紗栄子さんはレモンティを飲んでたし、瑠美さんが……使ったのかな？)

首を傾《かし》げていると、内扉が開き、瑠美がようやく姿を現す。

（……あっ⁉）

タンクトップ越しの胸の谷間、鼠蹊《そけい》部にぴっちり食いこんだホットパンツにドキリとし、目のやり場に困った。

「おはよう！」

「お、おはようございます……あの、朝食は？」

「とっくに済ませたわ、朝はいつもスムージーを作って飲んでるの」

やはり、ジューサーは瑠美が使用したものだったのだ。

「何時に起きたんですか？」

「七時過ぎかな？　今まで、アロマヨガをしてたのよ」

「ア、アロマヨガ……ですか？」

「そう、アロマの香りとヒーリング効果を用いたスタイルよ。ゆったりした空間で、瞑想しながら心をリラックスさせるの」

「な、なるほど」

わかったふりをして頷けば、瑠美はにこやかな顔で近づいてくる。アロマの芳香なのか、甘やかな匂いが鼻先に漂っただけで股間の逸物がひりついた。

「孝太郎くん、今、暇？」

「え、ええ……洗い物を済ませるぐらいで、特別、用事はないですけど……」

「だったら、ちょっとだけ手伝ってくれない？」

「いいですけど、何をするんですか？」

「エステよ、肌にオイルを塗ってほしいの。背中のほうは、手が届かないから」

「え、ええっ⁉」

唐突な申し出に、開いた口が塞がらない。

もちろん美容には関心がなく、エステのノウハウなど知るよしもないのだ。

「む、無理ですよ、そんなの！　ぼく、素人だし……」

慌てて拒否するも、瑠美は間合いを詰めて食い下がった。

「大丈夫よ、ただオイルを塗るだけだもん……ね、お願い」

拝み手で頭を下げる可憐な美女に、思考が乱れだす。

つぶらな瞳が魅惑的に揺れ、かわいいアヒル口に男心を摑《つか》まれた。

（か、かわいいや）

こんなお姉さんがいたらと思う一方、あからさまに鼻の下を伸ばすのはみっともない。孝太郎は困惑を装いつつ、気乗りしない口調で答えた。

「うーん、わかりました……でも、うまくはできないと思いますよ」

「かまわないわ。じゃ、部屋で準備してるから、洗い物を済ませたら来てね」

「は、はい」

瑠美は言いたいことだけを告げ、踵を返して客間に戻る。小振りながらも、パツパツのヒップに視線が注がれ、少年は昂《たかぶ》る股間を手で押さえつけた。

(いけね、皮がまた元に戻っちゃった……それにしても、瑠美さん……何考えてんだろ……まったく、わかんないよ)

義理の甥とはいえ、顔を合わせるのは今回で二度目なのである。

大人の女性になると、この程度のことぐらいでは抵抗を感じないのかもしれない。

(それとも……子供だと思って、あまり深く考えてないのかな？　なんにしても、約束した以上、行かないわけにはいかないし)

孝太郎は食器を洗ったあと、包皮の矯正をしてから客間に向かった。

美貌と年齢を考えれば、男性経験が豊富なことは容易に想像できる。

得体の知れない期待と不安が入り混じり、なんとも複雑な心境だ。扉をノックすると、すぐさま鈴を転がすような声が返ってきた。

「どうぞ」

「し、失礼します」

ドアを開けたとたん、薄暗い室内にドキリとする。

簡易ベッドの脇にあるワゴンテーブルにはアロマキャンドルが置かれ、小さな炎がゆらゆら揺れていた。

ベッドにはブランケットがなく、シーツの上にバスタオルが敷きつめられている。

瑠美は俯せの体勢から、ショーツだけの恰好で横たわっていた。

（タンクトップもホットパンツも脱いでる！　マ、マジっ!?）

客間はベッドとテレビが置かれただけの殺風景な部屋だが、今はバラ色の楽園に見える。孝太郎はドアを閉め、緊張の面《おも》持ちで歩み寄った。

「さっそくで悪いけど……アロマオイル、背中と腕に塗ってくれる？」

「えっと……」

「キャンドルのとなりにある透明なビンよ。中の薬液を手のひらにたっぷり垂らして、肌にすりこむの」

「は、はい」

言われるがままビンを手に取り、キャップを外せば、ジャスミンにも似た香りが鼻先を掠《かす》める。いい香りではあるが、少年の好奇心は瑠美の裸体だけに注がれた。

チャコールグレーのショーツはセミビキニタイプで、ヒップの形状を余すことなく見せつける。

さすがはエステサロンの経営者だけに、肌の手入れには余念がないらしい。

キャンドルの小さな炎が白い肌を仄《ほの》かに照らし、なまめかしい陰翳《いんえい》を作った。

（き、きれい）

ウエストには余分な肉がついていないため、ヒップのまろやかさをより引き立たせるのだ。

紗栄子の豊満な肢体も魅力的だが、こちらも負けていない。

孝太郎は息をひとつ吐き、気持ちを落ち着かせてから薬液を手のひらに滴らせた。

「じゃ、塗りますよ」

「足のほうも……お願いね」

「え、足もですか？」

「そうよ、昨日はたくさん歩いたから、むくんでるでしょ？」

張っているようには見えないが、とりあえず肩から二の腕、背にかけてオイルを伸ばしていく。

それなりに気持ちいいのか、瑠美は双眸《そうぼう》を閉じ、うっとりした表情をしていた。

（す、すごいや……肌がツルツルで、弾力感もあるぞ）

自然と鼻息が荒くなり、海綿体に血液が集中していく。

ペニスがぐんぐん膨張し、またもや包皮が宝冠部を包みこんだ。

（あっ、ちくしょう）

この場で包茎矯正はできず、仕方なく今度は両足にオイルをまぶしていく。

「ああ、気持ちいいわぁ……孝太郎くん、エステティシャンの才能があるかも。将来、うちの店でやってみない？」

エステ業界に進むよりも、ＡＶ男優になりたい。

もちろん願望を口に出せるわけもなく、孝太郎は素朴な疑問を投げかけた。

「でも……瑠美さんの店って、女性専用でしょ？」

「そうだけど、あなたなら、お願いしたいってお客さんもいると思うわ。すごく、かわいいし」

「かわいいだなんて……」

照れ臭げな顔をした瞬間、彼女は思いも寄らぬ指示を出し、心臓がバクンと大きな音を立てた。

「股の付け根にも塗ってくれる？　そこはリンパが流れているところだから、とても重要なの」

「え？　いや、で、でも、パンティが汚れちゃいますけど」

想定外の懇願に返す声が上ずり、ペニスが自分の意思とは無関係にいきり勃つ。

「大丈夫よ……そのパンツは紙だから」

「え、これ、紙でできてるんですか？」

「そう、使い捨てだから、いくら汚しても問題ないの」

瑠美はそう言いながら身体を反転させ、足を大きく開いた。

「……あっ!?」

こんもりした恥丘の膨らみと生々しい鼠蹊《そけい》部が目に飛びこみ、ペニスの芯に官能電流がビビッと走り抜ける。

義理の叔母の突然の乱行に、堪《こら》えきれぬ淫情が堰《せき》を切って溢れだした。

（あ、あ……う、嘘でしょ？）

彼女は右腕で胸こそ隠しているが、下腹部は完全に無防備な状態なのだ。

肌に触れるだけでもありえない状況なのに、はしたない姿を自ら《みずか》晒すとは、いったいどういうつもりなのか。

「さ、早く揉みほぐして……そのあとは、胸もしてもらうから」

「え、ええっ？」

あまりの驚きに素っ頓狂な声をあげるも、一度火のついた情欲は少しも怯まない。

少年の目は鋭さを増し、視線はいやでもクロッチの脇からはみでた大陰唇に向けられた。

「はっ、はっ、はっ」

肩で息をし、震える指をデリケートゾーンに伸ばす。鼠蹊部までオイルを伸ばせば、細い筋がピンと浮き、内腿の柔肉がふるんと揺れる。

（あぁ、チ×ポが勃ちすぎて痛い……爆発しちゃいそうだよ）

膝を微かにすり合わせたとたん、紙ショーツの中心に楕円形のシミが滲みだし、孝太郎は心の中で大きな悲鳴をあげた。

（あ、ああっ⁉）

瑠美は拙《つたな》い施術を受ける最中に、性的な昂奮を得ているのか。

これはもうエステではなく、性感マッサージだ。

（こ、こんな、こんなことって……）

彼女の意図がわからず、なぜの嵐が脳裏をよぎるなか、指先は止まることなく大陰唇をなぞっていた。

クロッチの脇から指を忍ばせ、女肉の突起と粘膜をとらえられる。それがわかっていても、少年は覚悟を決められず、ひたすら指を往復させては物欲しげに喉を鳴らすばかりだった。

「ああ、いい、気持ちいいわぁ」

瑠美は鼻にかかった声をあげ、腰をくなくな揺らす。さらに足をM字に開き、ふっくらした丘陵をこれでもかと見せつけた。

(そ、そんなぁ!)

美女も昂奮状態にあるのか、陰部の周囲が紅潮しはじめ、真っ白な内腿にかけてのグラデーションが悩ましすぎる。

彼女は、相変わらず目を閉じたまま。薄暗くて顔色までは読み取れないが、股布のシミが徐々に広がると、少年の性欲もトップギアに跳ねあがった。

(ああ、やばい、やばい……も、もう我慢できないよぉ)

猛烈な射精欲求に苛まれたところで、胸を覆い隠していた右腕がピクリと動く。

形のいい乳房と愛らしいピンクの乳首が目に入った瞬間、しなやかな指先は股間の頂《いただき》をそっと握りしめていた。

4

「おわっ！」

快感が脊髄をズシンと直撃し、全身の筋肉が強ばる。

孝太郎は指一本動かせぬまま、唇をひょっとこのように尖らせた。

「あ、あ、あ……」

「悪い子ね、さっきから変なとこ、おっきくさせて」

柔らかい指で膨らみを撫でられれば、なおさら勃起が収まるはずもない。

（ま、まさか、チ×ポを触られるなんて……）

口の中に溜まった唾を飲みこんだ直後、瑠美はハーフパンツの腰紐を外し、甘くねめつけながら布地のウエストに指を添えた。

「知ってるんだからね」

「な、何をですか？」

「昨日、風呂に入ってきたときも、おチ×チン、勃たせてたでしょ？」

「え？」

「チラッとしか見なかったけど、確かに大きくなってたわ」

「そ、それは……」

「うっかりしてたなんて、ホントは確信犯だったんじゃない？」

「そ、そんなこと！」

脱衣場で倒れこんだとき、欲情した姿をしっかり見られていた。瑠美ではなく、紗栄子だと勘違いして突入したのだが、もちろん真相を告げられるはずもなく、孝太郎はただうろたえるばかりだった。

「中学生の男の子がまさかとは思ったけど、確かめるために誘いをかけたのよ」

この状況で、精通を迎えた男子なら、誰でも昂奮して当たり前ではないか。

頭の隅で思ったものの、あまりの動揺から言葉が口をついて出てこない。

「最初から、ずっと勃たせてたでしょ？」

「そ、それは……」

「言い訳は無用よ、すぐにわかることなんだから」

「あっ！」

パンツを下着ごと引き下ろされ、怒張がビンと跳ねあがる。裏地とのあいだで先走りの液が透明な糸を引き、孝太郎は顔を真っ赤にして身悶えた。

「……あら？」

美しい瞳で、羞恥の源をまじまじと見つめられる。瑠美は小首を傾げ、さも不思議そうに呟いた。

「おかしいわ……昨日は、確か剝けてたような気がしたんだけど……私の勘違いかしら？」

「そ、そ、そうですよ、あそこが大きかったのも見間違えたんだと思います！　ぼく、ホントにうっかりして……あ、な、何を!?」

親指と人差し指で亀頭をつままれ、包皮をぐいぐい剝き下ろされる。

彼女は、なんのために包茎矯正しようというのか。

（あ、そ、そんなことされたら……ぐ、ぐわっ！）

包皮が雁首できれいに反転した瞬間、甘美な電流が肌の表面をぞわぞわと走った。

「く、ひっ！」

腰がひくつき、二日ぶりの放出に向けて剛直がわななく。孝太郎は呆気なく、鈴口から濃厚な一番搾りを吐きだした。

「きゃぁあぁっ！」

宙に舞った白濁液が放物線を描き、瑠美の身体を飛び越える。二発目はさらに距離を伸ばし、ベッドの反対側まで跳ね飛んだ。

三発目以降は白い太腿に着弾し、凄まじい精液臭がアロマの芳香を吹き飛ばす。

「いやぁぁン！」

「あうっ、あうっ」

獣じみた射精はペニスが脈動するたびに繰り返され、合計五回を迎えたところでストップした。

「す、すごいわぁ……何、この量」

「はあはあ、はあっ」

心臓が早鐘を打ち、荒い息が止まらない。

(だ、出しちゃった……紗栄子さんとエッチする約束をしてたのに)

失意に暮れる一方、陶酔のしぶきが手足の先まで広がり、息の長い快美に脳幹が痺れる。

一度の吐精では満足できないのか、ペニスはいまだに屹立を保っていた。

「もう……イクときはちゃんと言わないと、だめじゃないの」

瑠美は唇を尖らせて身を起こし、太腿にへばりついた汚液をタオルで拭き取る。そして股間の逸物を見やり、ぽかんとした。

「やだ、まだ勃ってるわ」

「おふっ！」

先端の雫をタオルで拭われるあいだ、布地が敏感な皮膚を刺激し、こそばゆさに腰をくねらせる。ペニスはなおさらしなり、隆々とした漲りを誇らしげに見せつけた。

「信じられない……いったい、いつ出したの？」

「……は？」

「最後に射精した日よ、もう自分でしてるんでしょ？」

「……お、一昨日です」

「ええっ！　たった二日でこんなに溜まっちゃうの？」

「ご、ごめんなさい」

「別に謝ることじゃないけど……まあ、いいわ。約束どおり、お手伝いしてくれたし、今度は私がしてあげる」

「……へ？」

「ベッドに寝て」

「で、でも……」

「いいからいいから、さ、早く」

瑠美はベッドから下り立つや、Tシャツを強引に頭から剝ぎ取り、足元にとどまっていたハーフパンツと下着を抜き取る。

有無を言わさず全裸にされ、孝太郎は困惑の表情で立ち竦《すく》むばかりだった。

「仰向けに寝て」

仕方なくベッドに這いのぼり、股間を手で隠して寝そべる。

「手はどけて」

「は？」

「そんな恰好じゃ、エステはできないでしょ」

「は、はい」

言われるがまま陰部を露出させたとたん、美女はビンを手に取り、薬液をペニスの真上から滴らせた。

「あ、あぁ」

オイルが剛槍をゆるゆると包みこみ、胴体が玉虫色の照り輝きを放つ。啞然として見守るなか、瑠美は怒張に息を吹きかけ、妖艶な笑みを浮かべた。

「ふふっ、植物系のオイル、ひんやりしてて気持ちいいでしょ？」

「え、ええ」

「おチ×チンの皮、きれいに剝けてるわ。恥垢もついてないし、いつも中までちゃんと洗ってるのね」

「それは……」

「やっぱり、昨日は見間違いじゃなかったんだわ」

「あ、あの……」

「いけない子ね、嘘つくなんて。たっぷり、お仕置きしないと」

妹は姉とまったく同じセリフを放ち、マゾヒズムがいやが上にも刺激される。

腰に熱感が走った瞬間、スリムな美女は肉筒を握りこみ、軽やかな抽送で快美を吹きこんだ。

「は、ふぉぉぉぉっ!」

身を灼きつくすほどの官能電流が駆け抜け、足の爪先を内側に湾曲させる。

孝太郎は顔をくしゃりと歪め、ベッドに敷かれたバスタオルを掻きむしった。

くっちゅくっちゅ、じゅぷっ、きゅぷぷぷぷっ!

オイルが淫らな音を奏で、柔らかい指と手のひらが肉胴を優しくこすりたてる。

オナニーでは決して味わえない感触に驚愕しつつ、少年は絶え間なく押し寄せる快楽の高波に身を委ねた。

（あ、あっ、き、気持ちいいっ！）

放出したばかりにもかかわらず、ペニスは萎える間もなく臨界点まで膨張する。

「孝太郎くんのおチ×チン、カチカチよ。信じられないわ、あんなにたくさん出したのに……よっぽど溜まってたのね」

「おふっ、おふっ」

「ふふっ、かわいいお顔……そんなに気持ちいいの？」

「き、き、気持ちいいです」

「そう、もっと気持ちよくさせてあげるわ」

瑠美はにっこり笑うと、前屈みの体勢から桜桃のような唇をペニスに寄せた。

（えっ……嘘っ⁉）

肩を震わせ、目をこれ以上ないというほど開く。赤い唇が亀頭冠をぱっくり咥えこむと、孝太郎は背筋をゾクリとさせた。

（あ、あ……フェ、フェラチオだぁ）

生まれて初めての口唇奉仕に惚ける一方、熱い感動が胸の内に広がる。

美女は男根を根元まで招き入れると、頬をぺこんとへこませ、顔をゆったり引きあげた。

「ぬ、ふうっ」

温かい口腔粘膜がペニスを包みこみ、なめらかな唇の感触に陶然としてしまう。彼女は舌先で縫い目をチロチロ掃き嫐り、口の中を真空状態にして吸いあげた。

顔の打ち振りが次第にピッチを上げ、快感のボルテージも上昇の一途をたどる。

(あぁ、フェラって……こんなに……気持ちいいんだ)

紗栄子の膣の中と似た感触だが、扇情的という点ではフェラチオのほうが勝っている。切なげな表情、だらしなく伸びた鼻の下、唾液で濡れ光る捲れた唇と、悩ましい容貌が男心をこれでもかと刺激するのだ。

「ンっ! ンっ! ンっ!」

瑠美は鼻から小気味のいい息継ぎを繰り返し、口唇の端からたっぷりの涎を滴らせる。筋張った肉胴には青筋が無数に浮き、ふたつの肉玉が早くも吊りあがった。

快活な美女のテクニックは、これだけにとどまらない。首をS字に振り、ヘッドバンギングさながらの律動を繰りだす。

「あ、おおぉぉっ」

唾液の海に泳がされ、さらには包皮を根元まで下ろされ、薄皮の肉幹を柔らかい唇が往復するのだからたまらない。

射精願望は瞬く間にリミッターを振りきり、孝太郎はベッドから腰を浮かして悶絶した。

「ああっ、ああっ、ああっ!!」

十四歳の少年がとても耐えられる口戯ではなく、頭の中で七色の閃光が瞬く。

瑠美が空いた手で陰嚢をそっと撫であげた瞬間、生毛が逆立つほどの肉悦が身を覆い尽くした。

欲望の奔流に足を掬《すく》われ、踏ん張ることもできずに押し流される。

「ああっ！　出ちゃう！　出ちゃいます!!」

ほぼ泣きじゃくり状態で放出を訴えると、瑠美は肉槍を口からちゅぽんと抜き取り、オイルと唾液にまみれた肉胴を手筒でしごいた。

「いいわよ、イッて。たくさん出すとこ、よく見せて」

「くはっ、くはっ……おふっ！」

美女は順手から逆手に握りなおし、手のひらで怒張を根元から絞りあげる。

ずちゅ、ぐちゅん、ぐちゅるるるるっ！

濁音混じりの抽送音が高らかに響いた直後、快感の電磁波が身も心も灼き尽くした。

「あっ、出る！　出るぅぅっ!!」

淫情が大噴火し、白濁のマグマが天高く舞いあがる。

「きゃん！　出た出たっ！」

灼熱の溶岩流は二度三度と間欠的に放たれ、腹部と陰部の周りを真っ白に染めていった。

「やぁン、二度目なのに、こんなに出るの？」

「ぐっ、ぐっ、ぐうぅっ」

両手を宙に浮かせ、解剖されたカエルのように身を痙攣させる。孝太郎は白目を剝いたまま、悦楽の余韻にどっぷり浸った。

姉に童貞を捧げた二日後に、今度は妹からオイル手コキを受けようとは……。

「まだ、出るんじゃない？」

「あ、うっ」

射精がストップしても、瑠美は微笑をたたえ、指先で鈴口や雁首を何度もこねくりまわす。

「あ、ちょっ……も、もう出ません」

搔痒《そうよう》感に腰をよじるも、彼女は意に介さずに指を戯れさせる。

「あ、ああっ！」

「ふふっ、気持ちよくさせただけじゃ、お仕置きにならないもんね」

「ゆ、許して、許してくださいっ！」

「だめよ、悪いウミは一滴残らず搾り取らないと」

「ホ、ホントに、もう出ないです……あ、あぁあぁっ！」

下腹の奥に奇妙な圧迫感が押し寄せ、美女が亀頭をこするたびに膨張していく。

ベッドの上で七転八倒するも、指の動きは止まらず、やがて限界まで張りつめた風船玉が一気に破裂した。

「あ、おおぉぉぉっ！」

「ほうら、出るじゃない」

尿道から透明なしぶきがビュッビュッと放たれ、散水車のごとく自身の顔から身体に降り注ぐ。

「あぷっ、あぷっ」

「きゃぁン、すごぉい、まだ出るわぁ」

少年は身を一直線に伸ばし、途切れることなく噴出する淫水を呆然と見下ろした。

アダルト動画で、何度か目にしたことがある。この現象は、紛れもなく男の潮吹きではないか。

(ぼ、ぼくが……潮を吹くなんて)

大量放水を繰り返したあと、孝太郎はぐったりした表情で頭をベッドに沈めた。

「もう出ないのかしら?」

瑠美は不満げな顔で宝冠部を弄《いじ》りまわすが、体力も気力も使い果たし、ペニスがみるみる萎縮していく。

アブノーマルなプレイで、潮まで吹かされてしまうとは……。

もしかすると、瑠美はエステテシャンではなく、性感マッサージ嬢ではないのか。

頭の隅でふと思うも、言葉どおりに一滴残らず搾り取られ、それ以上の思考は働かない。

今は、紗栄子と肌を合わせる約束すら忘れていた。

第五章　巨大ヒップの追撃騎乗位

1

（そんなに……太ったかしら？）

部屋着を脱いだ紗栄子は、寝室の姿見の前で自らのボディラインをチェックした。

確かにダイエットはしていないが、ジムでカロリーはしっかり消費し、瑠美ほどではなくともウエストは括れている。

完熟した乳房とヒップはもちろん、官能的なカーブを描くプロポーションも自分のチャームポイントなのだ。

（それに……孝ちゃんは、グラマーな女の人が好きなんだから）

二日ぶりの交情に胸がときめき、瞳の奥でめらめらと氷の炎が燃えさかる。紗栄子は腰に右手をあてがい、少年との甘いひとときを思い描いた。

若い精力は回復が早く、反り勃つピンピンのペニスも愛らしい。

今日はどんな恰好《かっこう》で迫り、何回射精させようか。

身体の芯が熱くなり、膣襞の狭間《はざま》から愛蜜が溢れだす。

「あぁ……やだ、もう濡れてきちゃった」

熟女は小さな溜め息を洩らし、まずは長い黒髪を赤いリボンで束ねた。

瞳が潤み、真っ赤なルージュを引いた唇が妖しく濡れ光る。

性感が極限まで研ぎ澄まされているのか、感じやすくなっているらしい。

（熱い……身体が熱いわ）

女芯がジンジン疼き、ブラジャーにガードされた乳首が震えた。

鏡の中の自分が、熟れざかりの人妻のあだっぽさを隠すことなく晒した。

両手で胸を寄せれば、乳房がハーフカップからこぼれんばかりに盛りあがる。

ビクトリア・シークレットの英国ブランドは、ヴェネツィアンレースで縁取られた高級感漂う代物だ。

ホリゾンブルーの優しい色合いは清潔な印象を与えるも、ブラと同色のショーツは大胆なハイレグカットで、食いこみ具合が自分の目から見てもいやらしい。なめらかな生地は白い肌にぴったりフィットしているが、少年を挑発するにはもはやブラとショーツだけでは物足りなく思われた。

下着を脱ぎ捨て、ベッドに置かれたアザレアピンクのボディスーツを手に取る。

（普通のレオタードじゃ、面白味がないものね。ふふっ、あの子……どんな顔をするのかしら）

孝太郎が驚く顔を想像しただけで、心が掻き乱された。

頬をやや赤らめ、華やかな編みレースを施した生地を足から通していく。

肌の露出が多く、目に鮮やかなビビットカラーが人妻をいっそう淫らな女に仕立てあげた。

身体を反転させれば、量感たっぷりの太腿がふるんと震え、はち切れんばかりのたわわなヒップが弾み揺らぐ。

もちろん後ろはTバック仕様で、厚ぼったい丸々とした熟れ尻を隅々までさらけだした。

自身の姿を肩越しに確認し、うっとりと魅入っては湿った吐息をこぼす。

レーストリミングの股布は、地肌と際どい箇所がうっすら透けて見えていた。

（はあぁ……やらしいわ）

悩殺的なランジェリー姿を見せつけ、いたいけな少年をたっぷり欲情させてあげるのだ。

もしかすると、披露した瞬間に射精してしまうかもしれない。

迸《ほとばし》る大量の精液とにおいを思い返しただけで、またもや秘園が潤った。

あぁ……ほしい。新鮮な、イキのいいおチ×チンが……。

先端の肉実を包みこむ包皮は、どうなったのだろうか。

（そんな簡単に……矯正できるとは思えないわ）

皮かむりのペニスを穴の開くほど注視し、自分の手で優しく剝いてあげるのだ。

内股の姿勢から、細い腰をくねらせる孝太郎の姿が脳裏に浮かぶ。

熟女は舌先で上唇をなぞり、ボディスーツ越しの豊満な乳房を揉みしだいた。

手ずから寄せれば、重たげな乳丘が楕円に形を変える。

「あ、あぁっ」

紗栄子は美脚を大きく拡げ、豊かな腰をそっと突きだした。

股間に手を伸ばし、クロッチの両脇にある小さなホックを外して女の園を剝きだしにさせる。

淡くそよぐ叢の下に、ぬらぬらと濡れ光るサーモンピンクの淫裂が見て取れた。

肉厚のラビアを指で拡げれば、縦割れの亀裂の奥で熟しきった肉襞が息づくように蠢《うごめ》く。

膣内粘膜はとろみの強い濁り汁をまとわせ、今にも糸を引いて滴り落ちそうだ。

クリットは薄皮が剝きあがり、すでに可憐なつぼみが芽吹いていた。

人差し指で肉芽を軽く撫でれば、コリッとした感触に続いて身が痺れるほどの快感に総毛立つ。

「う、ふっ」

夫に見せる貞淑な姿はどこにもなく、今の紗栄子はあられもない一匹の牝と化していた。

しかも淫情を向ける相手は彼の子供であり、義理の息子なのだ。

花蜜で濡れそぼつ女陰をかわいい口に押しつけ、心ゆくまで奉仕させたい。

いやと言っても、離してあげない。

青筋の浮きでたおチ×チンを膣の中に導き、いやらしいミルクを何度も何度も吐きださせるのだ。

淫らな妄想は際限なく広がり、秘孔の奥からおびただしい量の蜜液がとろりと溢れでる。紗栄子は唇を半開きにし、眉間に皺を寄せて喘いだ。

「あ、あぁン……孝ちゃん」

しこり勃つ木の芽を軽くあやしただけでも、このまま絶頂に達してしまいそうだ。

(あ、やだ……もうイッちゃいそう)

ヒップをわななかせた瞬間、部屋の扉がノックされ、熟女は現実に引き戻された。

「あ、は、はい」

「お姉ちゃん、ジムに行く時間じゃないの？　孝太郎くん、玄関口で待ってるよ」

「そ、そうね……すぐに行くからって、伝えてくれる？」

「うん、わかった」

瑠美の声がけに掠れた声で答え、苦笑を洩らす。

慌てなくても、これからいやというほど悦楽を味わえるのだ。

(孝ちゃんのおチ×チン、たっぷり泣かせてあげるから)

紗栄子は頬を赤らめたまま、クロッチのボタンをはめ、ボディスーツの上にジャージを着用していった。

2

(あぁ……弱ったな)

マンションの地下にあるジムに向かう最中、孝太郎は難しい顔で嘆息した。

本来なら美熟女との甘いひとときを控え、ウキウキした気分を味わっているはずだった。

午前中、瑠美相手に二度も放出してしまった後悔が押し寄せる。

オイル手コキにバキュームフェラは至高の愉悦を与え、自分でも驚くほど大量に放出してしまった。

しっかり禁欲するつもりが、これでは意味をなさない。

二発の射精ぐらいで性欲は怯まないが、今夜の期待感が大きかっただけに、意気消沈するのは無理からぬことだった。

(紗栄子さん相手に、たくさん出したかったのに……でも、あの手コキとフェラはすごかったな)

肉筒を包みこむオイルのぬるぬる感、ペニスがもぎ取れそうな口唇奉仕。妹の性技はＡＶ女優並みで、姉に匹敵するエロスをいやというほど植えつけた。

瑠美にまた誘われたら、はっきり断る自信はまったくない。

（四日後の土曜からは金沢だし、あと六日もいっしょにいるんだよな）

ひょっとすると、妹とも背徳の関係を結ぶ機会があるのだろうか。

きめの細かい白い肌、しなやかな肉体が頭から離れず、ハーフパンツの下のペニスが自然と重みを増した。

「今日は、たっぷり汗を流しましょうね」

「……あ」

ジムの出入り口が近づくや、紗栄子は意味深な笑みを浮かべ、ポケットからマスターキーを取りだす。

グレーのドアを開けると、二メートルほど先にガラス窓を嵌《は》めこんだ内扉があり、もちろん室内は暗闇に包まれていた。

時刻は午後九時を回っており、時間外の今、ジムを利用する住民は一人もいない。

用もなく薄暗い地下に出向く人間がいるはずもなく、瑠美の滞在期間中、紗栄子と淫らな行為に耽るにはうってつけの場所に思われた。

（紗栄子さんは頻繁に利用してるから、誰も来ないことを知ってるんだ）

熟女が扉を開け、手探りで壁際のスイッチをオンにする。

照明がつくと、ルームランナー、フィットネスバイク、チェストプレス、レッグエクステンションなど、複数のトレーニングマシンが目に飛びこんだ。

五十平米程度と決して広くはないが、隅にはダンベルラックとブルーのマットが置かれ、気軽に身体を鍛えるには十分な設備が整っている。

直前まで誰かが利用していたのか、室内にはまだ熱気が微かにこもっていた。

「まずは、準備体操からね」

「……え？」

「これを怠ると、筋肉や筋を痛めちゃうから」

「あ、は、はい」

てっきり情熱的なキスを期待していたのだが、肩透かしを食らい、渋々と頷く。それでも、紗栄子と二人きりの時間は何事にも代えがたい魅力を秘めていた。

今日はローズレッドのルージュを引いており、セクシーな唇がより際立つ。

逆にポニーテールの髪形が少女っぽく、アンバランス感がいつもとはひと味違う蠱惑さを醸しだしていた。

「さ、始めましょうか」

紗栄子とマットへ移動し、見よう見まねで、ひと通りのストレッチをこなす。

(ま、まさか、ホントにトレーニングするつもりじゃないよな?)

不安が頭を掠めるも、瑠美との一件で後ろめたさがあるだけに、自分から誘いをかける勇気はかけらもない。

午前中の二発がなければ、獣のように迫ったかもしれないが……。

「あら、孝ちゃん……若いのに、けっこう身体が固いのね」

「は、はあ」

「やっぱり、勉強ばかりしてたのね」

確かに、中学一年までは勉強漬けの毎日だった。

運動は子供の頃から大の苦手で、精通を迎えたあとはオナニーばかりしていたのだから、体力がつくはずもない。

これではいけないと反省しても、数秒後には女の裸体ばかりを妄想しているのだからどうしようもなかった。

「開脚前屈してみましょ。私が背中を押してあげるから、腰をマットに下ろして」

「こ、こうですか?」

「そう、足をもっと開いて」

「あたたたたっ！　ひぃぃっ!!」

「やだ、全然曲がらないわ」

「痛い、痛い、これ以上は無理です」

「もう、信じられない……ガチガチなのは、こっちだけでいいのよ」

「……あ」

肩越しに手がすっと伸び、細長い指が股間の頂《いただき》を撫でまわす。

「……うふっ」

「あら？　どうしたの？　小さいままじゃない」

「い、いや、それは、だって……普通に、ストレッチの最中に勃起してるほうがおかしいでしょ」

「……ふうん」

紗栄子はいかにも訝《いぶか》しげな声を放ち、腋《わき》の下が汗ばんだ。

約束を破り、瑠美相手に放出した事実は告げられない。

二人がケンカして絶縁にでもなったら、美しい熟女との関係も終焉を迎える可能性があるのだ。

(そんなの……やだよ)

紗栄子の魅力を知ってしまった以上、もはや彼女なしの人生など考えられない。

今さら母親として見られるはずもなく、悶々とした日々を過ごすのは是が非でも避けたかった。

「でも、筋肉自体は、けっこうほぐれてるみたいね」

「そ、そうですか」

緊張感がないのは、やはり午前中の二発が効いているのだろうか。

生返事をしたところで、血行が促進されたのか、身体が次第に火照りはじめた。

汗の粒が額に浮かび、早くも肩で息をしだす。

「汗っ掻きなの？　Tシャツの襟元が、もうシミになってるわよ」

「この中、暑いですよね」

「換気扇は一日中回ってるし、空調設備も整ってるはずだけど……シャツ、脱いだらいいわ」

「え……上半身裸でやっても、いいんですか？」

「誰もいないんだし、別にかまわないでしょ。さ、脱いで」

紗栄子はシャツの裾を摑み、無理やり頭から剝ぎ取った。

彼女の息遣いも荒くなり、前方に張りだした大きな胸が波打つ。

「孝ちゃんだって、このジムは何度も利用してるんでしょ？」

「小学生のときに、二、三回ほどは来たかなぁ」

「えぇ！　もったいないわ、こんないい設備があるのに」

「ぼく……スポーツ系は苦手だから」

「まったく、まだ若いのに……バタフライマシンは、したことある？」

「バタフライマシン？」

「隅にある、あの器具よ。ベンチに座って左右のバーを握り、蝶が羽ばたくように胸の前で腕を閉じたり開いたりするトレーニング」

「うーん、やったと思うけど……あまり、覚えてないかも」

「教えてあげるわ」

美熟女はそう言いながら、ジャージのジッパーを引き下ろした。

合わせ目からアザレアピンクの布地が覗き、いやが上にも瞳孔が開く。

（な、なんだ？　下に何を着てるんだ？　レオタード？）

真剣な表情で見つめるなか、彼女はズボンを捲り下ろし、なめらかな生足に鼓動が高鳴った。

（あ、あ、ああっ!?）

上着を脱ぎ捨てると同時に、レース地のハイレグ衣装に目が点になる。豊満なボディにぴったり貼りついたエロチックな出で立ちは、少年に大きな衝撃を与えた。

形状はレオタードに似ているが、透過率が異様に高く、地肌や乳房の輪郭までもが透けている。

どこからどう見ても、セクシーランジェリーに違いなかった。

「あ、あ……」

「さ、こっちにいらっしゃい」

紗栄子が身を反転させた瞬間、今度は逆ハート形のボンバー尻が目に飛びこんだ。

(う、嘘っ!?　お尻が、丸見えじゃないかぁ!)

彼女が歩を進めるごとに、熟脂肪をみっちり詰めこんだヒップが挑むように、はたまた誘うように揺れる。

熟れた美尻の破壊力には、ただ惚けるばかりだ。

(あぁ、あんなに腰をくねらせて、た、たまらないよぉ……くっ!)

海綿体に血流がなだれこみ、ペニスがパンツの下でグングン膨張した。

裏地にこすれた包皮が亀頭をくるんと包みこみ、泣きそうな顔で腰を折る。

瑠美から受けた手コキやフェラが頭から吹き飛び、すべての神経が紗栄子との二度目の情交に向けられた。

3

（ふふっ、見てる、見てるわ）

レオタード代わりの悩殺ランジェリーは、孝太郎に多大な昂奮を与えたらしい。

背後から聞こえる荒い息遣いに、紗栄子はほくそ笑んだ。

この程度では終わらせない、もっともっと欲情させてやるのだ。

「何してるの？　早く来なさい」

「あ、は、はい」

少年は股間を両手で覆い、やや前屈みの体勢で歩み寄る。なんともわかりやすい振る舞いに、口元がほころんだ。

「足を拡げて、ここに座って」

彼は細長いベンチに腰を下ろしても、男の中心部から手を離さない。

すでにペニスは勃起し、布地を突き破りそうな昂《たかぶ》りを見せているのだろう。

ボディスーツがよほど気になるのか、チラチラと盗み見ては頬を桜色に染めた。

「バタフライマシンは、大胸筋を鍛えるマシンよ。左右のバーを握ってみて」

穏やかな口調で指示を出しても、孝太郎は俯き加減でモジモジするばかりだ。

(ふふっ、昂奮している姿を見られるのが恥ずかしいのね……かわいいわ)

肉体関係があるとはいえ、十四歳の少年が図々しい態度で接してきたらテンションは下がってしまう。

大人の男性にはない慎み深さが、女心をときめかせるのだ。

「いいわ、パンツも脱いじゃいましょ」

「……え?」

びっくりしたのか、孝太郎は裏返った声をあげ、ドングリ眼を向けた。

口元に手を添え、笑いを嚙み殺してゆっくり近づく。

「裸、見られてるんだから、遠慮することないじゃない。脱ぐの、手伝ってあげるわ。さ、立って」

顔面付近に恥骨をわざと迫《せ》りだしてやると、目を背け、顔を耳たぶまで真っ赤にさせる。

(あぁン……この反応が、たまらないんだわ)

一分一秒でも早く、若い牡茎を目にしたい。とことん焦らして悶絶させ、自ら挿入をおねだりするまで、おチ×チンをたっぷり泣かせたい。

紗栄子は唇を舌先でなぞり、細い腕を摑《つか》んで強引に立たせた。

ハーフパンツの腰紐をほどき、下着もろとも引き下ろす。

「手を離して」

「は、はい」

ようやく覚悟を決めたのか、股間から手が外れたところで一気に捲れば、怒張がビンと跳ねあがり、下腹を猛烈な勢いで叩いた。

厚ぼったい包皮が亀頭を包みこみ、先端がひとつ目小僧さながら睨みつける。ピンクの粘膜が前触れの液にまみれ、早くもぬらぬらと濡れ光っていた。

(そうかぁ、これを見られるのが恥ずかしかったのね……でも、ムキムキのおチ×チンよりも、こっちのほうが楽しめるわ)

孝太郎は顔を横に振り、口をへの字に曲げている。

身をゾクゾクさせた熟女は、あえて意地の悪い言葉を投げかけた。

「皮が被ってて、かわいいわ……赤ちゃんみたい。包茎矯正はしてなかったの?」

「してたんですけど、パンツにこすれると……元に戻っちゃうんです」

「そう、慣れるまでには、まだ時間がかかるのかもね。いいわ、私が根元まで剝き下ろしてあげる……座って」

「はい……あ」

彼がベンチに腰かけた直後、身を屈《かが》め、唾液をペニスの真上から滴らせる。

透明な粘液が宝冠部を包みこむと、少年は内腿をピクンと震わせた。

「こうやって、亀頭と皮のあいだに唾をたっぷり入れて剝きやすくするのよ」

「あ、あぁっ」

孝太郎の目が焦点を失い、自身の下腹部を切なげに見下ろす。

紗栄子は言葉で責めたてながら、ゆっくりと時間をかけて包皮をズリ下ろした。

「ほら、先っぽのとんがりが顔を覗かせたわ。唾で皮が捲れて、たぷたぷしてる。半剝けのおチ×チン、気持ちいいの？」

「あ、あ……き、気持ちいいです」

「キンタマで精子を作るの、得意なんだもんね？　ほうら、あともうちょっとで剝けそうよ。このあいだみたいに、濃いやつをびゅるびゅる出しちゃうのかな？」

「はあはあっ、あああぁあぁっ」

眉尻を下げ、腰をくねらせる姿が牝の淫情を駆り立てる。

紗栄子自身も昂奮を抑えられず、デルタは蜜液の大洪水と化していた。

「スケベ汁、たくさん溜まってるのね……苦しいの、出したい？」

「はふっ、はふっ！」

少年は口を開くも、喉が干上がっているのか、言葉が口をついて出てこない。代わりに、コクコクと小さく頷《うなず》いた。

「ふふっ、まだだめよ。我慢できたら、お口でしてあげるから」

「はひっ！」

淫らな奉仕との交換条件が、射精欲求を刺激したのだろう。孝太郎は臀部をバウンドさせ、歯列を噛みしめて耐え忍ぶ。

今や先走りの汁は、汲めども尽きぬ泉のごとく溢れている状態だ。

「やぁン……ツルツルのタマタマが持ちあがってるわ」

「……うっ!?」

指先に力を込めたとたん、包皮が雁首で翻転し、栗の実を彷彿とさせる亀頭が全貌を現した。

「ぐ、ぐっ、ぐぐっ」

口唇奉仕に並々ならぬ思いを寄せているのか、少年は身をよじって放出を堪《こら》える。

やがて射精の先送りに成功したのか、息を大きく吐いてから目に涙を浮かべた。

「えらいわぁ、よく耐えたわね……それじゃ約束どおり、お口でしてあげるわね。勝手にイッたら、だめよ」

「はあふう、はあひぃ」

「わかった？」

「は、は、はいっ」

喉をゴクンと鳴らし、緊張に身構える仕草が微笑ましい。紗栄子はローズレッドの唇を開き、顔をゆっくり沈めた。

「う、くっ」

まずは舌先で鈴口をチロチロ這い嫐《なぶ》り、カウパー氏腺液の味を確かめる。

「しょっぱいわ……溜まってるのかな？」

ペニスは清潔にしているのか、溝に恥垢は付着しておらず、熟女は縫い目と雁首を丁寧になぞりあげてから男根を呑みこんでいった。

「ン、ンンンっ！」

「あ、はあぁあぁっ」

孝太郎は頭のてっぺんから突き抜けるような声を発し、両足の筋肉を引き攣らせる。

根元まで一気に咥えこみ、スローテンポの律動を繰りだしただけで青筋が熱い脈動を打った。

「はっ、ひっ、ふっ、はっ」

口の中でのたうちまわる躍動が、女の悦びを極限まで押しあげるのだ。

上下の唇で肉幹をこすり、口腔粘膜と舌で包皮を被せたり剝いたりしては顔のスライドを速めていく。

「あ、おおっ、おおっ」

孝太郎は顎を突きだし、慟哭《どうこく》に近い呻《うめ》き声を間断なく放った。

紗栄子自身もこの日の交情には満を持しており、すぐにイカせてしまったのではもったいない。

熟女は巧緻を極めたテクニックを封印し、ひくつくペニスを口から抜き取った。

「蒸れたおチ×チンのにおい、この味……たまらないわぁ」

「ふぐっ、ふぐぅ」

「つらいのね?」

「はっ、はっ、はい」

「でも……もう少し我慢してね」

最後に念を押し、立ちあがりざまボディスーツの肩紐をずらす。少年が熱っぽい視線を注ぐなか、紗栄子は熟れごろの爆乳を惜しげもなくさらけだした。

4

(ああっ、おっぱいだっ!)

ぶるんと弾けでた天然巨乳に、孝太郎はペニスをいななかせた。

ぬめりと締まりのある柔房は迫力満点で、何度目にしても放心してしまう。

悩ましげなランジェリーはもちろん、ねちっこいフェラチオも刺激的だった。

豊満な肉体と同様、口の中もまた肉厚で、とろっとした粘膜がしっぽり絡みつき、男の分身に蕩けそうな快美を与えるのだ。

瑠美相手の二連発がなければ、この時点で射精していただろう。

二度目の情交に期待は増すばかりだが、紗栄子は淫らな布地を胸まで下ろしたところで前方に回りこむ。

(……え?)

いったい、何をするつもりなのか。

首を傾《かし》げた瞬間、彼女は腰を落とし、張りつめた生乳をグイッと突きだした。

(ま、まさか……)

たぷたぷと揺れる胸乳が眼下に迫り、しなる怒張がくっきりした谷間に挟まれる。

ぬくぬくの柔肌の感触が胴体を包みこむや、孝太郎は峻烈《しゅんれつ》な感動に身震いした。

(パ、パイズリだぁっ!)

紗栄子は双乳の両サイドに手を添え、中央にギューッと寄せる。ペニスはあっという間に姿を消し、柔らかくも奥から押し戻す弾力に酔いしれた。

「あ、あ、あ……」

美熟女は唇を窄め、胸の谷間に大量の唾液を滴らせる。そして乳房を手で掬《すく》いあげつつ、ゆっさゆっさと振動させた。

「お、ふっ!」

重量感たっぷりの乳丘が円を描いて揺れ、心地いいバイブレーションに目が虚ろと化す。ふかふかのマシュマロのような感触がフェラとはひと味違う肉悦を吹きこみ、腰椎が甘く痺れた。

「ふふっ、気持ちいい?」

「き、気持ち……いいです」

「もっと、気持ちよくさせてあげる」

「ぬ、ふっ！」

紗栄子が身を上下させ、スライドのたびに谷間から宝冠部がひょっこり顔を出す。

先端は真っ赤に充血し、前触れの液はダダ漏れの状態だ。

熟女はさらに乳房を互い違いに動かし、柔肌でペニスを揉みくちゃにした。

「ああ、あぁぁあっ」

「うぅン……かわいいお顔」

うっとりした美貌がなんとも悩ましく、射精願望がいやが上にも沸点に近づく。

「あ、あ……イ、イキそうです」

「だめよ！」

我慢の限界を訴えると、紗栄子はピシャリと言い放ち、乳丘から手を離して身を引いた。

勃起が左右に揺れ、太い血管がビクビクとひくつく。

フェラチオからパイズリのコンビネーションは、多大な昂奮と肉悦を与えた。

最後に残るのは、男と女の秘め事しかないのだ。

とろとろの肉壺に、煮え滾《たぎ》る男根を挿れたい。ありったけの牡の証《あかし》をぶちまけ、美熟女のエロスに魅了されたい。

泣き顔で腰をくねらせれば、こちらの願いが通じたのか、紗栄子は腰を上げ、白い手を股ぐらの奥に差し入れた。

喉仏が上下し、言わずもがな熱い眼差しを送る。

プチンという音が二度響き、伸縮性に富んだ生地が下腹まで跳ねあがると、孝太郎は心の中でうれしい悲鳴をあげた。

（あ、あぁぁっ！）

驚いたことに、セクシーランジェリーのクロッチは開閉式になっていたのだ。

きれいに刈り揃えられた恥毛、抜けるように白い肉の丘陵に胸が高鳴る。

「……挿れたい？」

「は、はい、い、挿れたいです」

「今日は、大人の本気がどんなものか、たっぷり教えてあげる」

「お、おおっ」

甘く睨みつけられただけで、電気ショックを受けたように身が震えた。

「いい？　勝手に出したらだめよ？」

「はあはあ、はふっ、はふっ」

「わかった？　お返事は？」

「はいっ！　ぜ、絶対に出しません!!」

「いい子ね、じゃ……ズル剝けのおチ×チン、おマ×コに挿れてあげる」

今となっては、瑠美から受けた痴戯は幸運だったのかもしれない。

あの強制発射がなければ、フェラ、パイズリ、言葉責めと、計三回は放出していたのではないか。

（で、でも……さすがに、エッチは耐えられないかも）

ペニスはフル勃起し、過激なプレイの連続で爆発寸前まで張りつめている。

挿入しただけで射精してしまったら、後悔してもしきれない。

孝太郎は口を引き結び、一触即発の瞬間に備えて力んだ。

紗栄子は大股を開いて腰を跨ぎ、怒張に手を添えて垂直に起こす。

肉びらはすでに鶏冠のように突きだし、秘肉の狭間からぬらぬらした内粘膜が覗いていた。

「ふふっ、鉄の棒みたい」

「あ、おおぉぉぉっ！」

巨尻が沈みこんだ直後、ペニスを貫いた快感の雷撃に大声をあげる。

彼女は肉棒を上下に振り、割れ目とクリットを敏感な鈴口になすりつけたのだ。

「ああ、気持ちいいわ」

「ぬはっ、ぬはっ」

腰部の奥が甘美な鈍痛感に包まれるも、奥歯を嚙みしめて堪える。

(ぬぉぉ、こんなところで……出してたまるかぁ！)

首筋の血管を浮き立たせ、必死の形相で身悶えると、紗栄子はイチゴ色の舌で唇をそっと湿らせた。

「……挿れるわよ」

膣口がティアドロップ形に開き、亀頭をぱっくり咥えこむ。とたんにうねる媚肉が男根を手繰《たぐ》り寄せ、ねっとりとした感触が胴体をすべり落ちた。

「あ、あ……」

ぐちゅ、にちゅ、ずぷぷぷぷっ！

淫猥な肉擦れ音が室内に反響し、瞬く間に剛直が根元まで呑みこまれる。

しっぽりした膣襞に包まれ、少年は柔らかさと温かさの充足感にしばし浸った。

(や、やっぱり……エッチは……最高だ)

熟女が身を起こせば、結合部がはっきり見て取れる。肉の楔《くさび》が膣の中にぐっぽり埋めこまれている光景は、卑猥なことこのうえなかった。

「全部、入っちゃったわ」

「は、はい」

「よく我慢したわね。でも……おチ×チン、ドクドクしてるわ。耐えられそう?」

「わ、わからないです」

正直な気持ちを告げると、紗栄子は菩薩にも似た笑みを返し、唇をゆっくり重ね合わせた。

「ん、むふっ」

「ふっ、ンっ、ンぅぅっ」

熱い吐息が口中に吹きこまれ、目を白黒させているあいだに舌を搦《から》め捕られる。

唾液をジュッジュッと啜られるたびに鼓動が跳ねあがり、舌根からもぎ取られそうなディープキスに脳波が乱れた。

(あぁ、すごいよ、口を目いっぱい広げて……これが、大人のキスなんだ)

食べられてしまうのではないかと思った直後、うねうねと蠢《うごめ》く媚肉がペニスを締めつける。やがて長いキスが途切れ、目元を赤らめた美熟女が甘い声で囁《ささや》いた。

「動いていい?」

「は、はい、でも……」

「いいのよ、我慢しないで……私も、すぐにイッちゃいそうだから……その代わり、イキたくなったら、ちゃんと言うのよ」

「わ、わかりました」

ざらついた声で答えると、まずは短いストロークの律動が繰りだされた。

彼女は足を大きく拡げているので、ペニスの抜き差しは丸見えの状態だ。熟れた果肉はザクロさながら裂開し、頂点の肉の芽も鋭敏な尖りと化している。

（や、やらし、やらしすぎるよ）

胸が甘く疼いた直後、ピストンが熱を帯びはじめ、甘酸っぱい匂いがあたり一面に立ちこめた。

彼女は紛れもなく、全身から牝の発情臭を大量に発散させているのだ。

「ああ、いい、いいわぁ！　しっかり剝けてるから、雁首が気持ちいいとこに当たって……あ、ふっ⁉」

「ぬ、ぐぐっ」

孝太郎の首に手を回し、スライドがさらなるピッチを上げていく。

完熟のヒップが、太腿をバッチンバッチーンと打ち鳴らした。

ポニーテールの髪が左右に揺れ、紗栄子の姿が暴れ馬を乗りこなすカウボーイのように見えた。

汗が毛穴から噴きだし、触れ合う肌が熱気を孕む。

「ああ、すごい、すごい！　孝ちゃんのおチ×チン、硬くておっきい！　すぐにイッちゃいそうよ!!」

「むふっ、むふぅっ！」

無意識のうちに左右のバーを握りしめて踏ん張るも、肉悦の波動は唸りをあげて何度も襲いかかった。

淫蜜がとめどなく溢れ、下腹部はお漏らしをしたかのようにぐしょ濡れだ。

こなれた媚肉でペニスをこれでもかと咀嚼《そしゃく》され、密着ピストンラッシュが少年を天国にいざなう。巨尻がぐりんとグラインドし、男根が甘襞に引き転がされると、一条の光が脳天を刺し貫いた。

（……あっ!?）

目をカッと見開いたのも束の間、紗栄子は腰を前後に振り、恥骨をガンガン打ちつける。ベンチが軋むほどのラストスパートに、放出ストッパーがあっという間に弾け飛んだ。

「あ、あ、あぁ……だめ、イッちゃう」

「我慢して！　もうちょっとでイキそうなの！」

「だ、だめです！　我慢できない、イクっ、イッちゃうぅぅっ!!」

大口を開けて咆哮した瞬間、美熟女は腰をガツンと繰りだし、すばやくヒップを上げてペニスを膣から抜き取った。

そのまま足のあいだに跪《ひざまず》き、濁り汁をまとった肉筒を猛烈な勢いでしごく。

「いいわ、一回出しちゃおうか」

「む、む、むうっ！」

孝太郎は歯を剥きだし、こめかみの血管を膨らませて身悶えた。

ぬるぬる手コキが内圧を上昇させ、弾けるような快感が断続的に襲いかかる。

「あっ、イクっ、イックぅぅっ!!」

狂おしげな真情が器から溢れこぼれたとたん、尿道から牡のエキスが放たれた。

「ふっ、出たわ、たくさん出して、孝ちゃんの恥ずかしいとこ、全部見てあげる」

「ぬふっ、ぬふっ！」

精巣に貯蔵されたザーメンが、ポンプで吸いあげられるように体外へ排出される。

顔を真っ赤にした孝太郎は、身を仰け反らせて心地いい射精感に浸った。

「はふっ、はふっ、はふっ」

荒い息が止まらず、心臓がオーバーヒートする。

（あぁ……すごいエッチ……チ×ポが溶けちゃいそうだ）

熟女の激しいセックスには心酔したものの、放出回数がいつもより少ない事実は確認しなくても自覚できた。

目をこわごわ開けて様子を探れば、腹部にぶちまけられた白濁液はとても多いとは言えず、目的を果たしたペニスもみるみる萎えていく。

紗栄子の顔が次第に険しくなり、やがて不服そうに口を開いた。

「どうしたの？」

「……は？」

「量、少ないじゃない……とても、溜まってるとは思えないわ」

「あ、あの……」

じろりと睨みつけられ、恐怖に身を縮ませる。

孝太郎は視線を逸らし、事前に用意していた釈明をたどたどしく告げた。

「そ、その……どうしても我慢できなくて……自分で……しちゃったんです」

「まあ、いつ？」

「きょ、今日の朝……紗栄子さんが家を出たあとです……ご、ごめんなさい！　どうしても我慢できなくて!!」

「言い訳は聞かないわ……約束を破るなんて、悪い子ね」

真相を打ち明けられない以上、非難の言葉は甘んじて受けるしかない。

シュンとした直後、熟女は冷笑を浮かべ、理屈抜きで背筋に悪寒が走った。

「いいわ、今日はこれで終わりにしましょ」

「……え？」

「だって……間を置かなきゃ、ちゃんと溜まらないでしょ？」

「それは、そうですけど……」

「でも、また自分でしちゃったら、何の意味もないわね」

紗栄子は独り言のように呟いたあと、なぜか頭の後ろに手を回し、髪を結っていたリボンをシュルシュルとほどいた。

(な、なんだ……何をするんだ？)

布製のリボンは、幅一センチほどだろうか。

息を潜めて見守るなか、熟女は赤い布きれを縦に折りこみ、紐状にしてから前に差しだした。

「おチ×チン、これで縛ってあげるわ」

「え、えっ!?」

「リボンがあれば、股間に手が伸びても思いとどまるでしょ?」

「そ、それはそうかもしれないけど……あ」

こちらの言葉を遮《さえぎ》り、紗栄子はリボンを陰嚢の下にくぐらせ、くるくると巻きつかせていった。

「ここでリボンをクロスさせて、タマタマを縛りあげて……」

「……あぁ」

「それから、根元に括りつけるの」

「あ、つっ」

睾丸と根元をギューギューに縛られ、疼痛に顔を歪める。それでも彼女は意に介さず、最後は蝶結びでペニスの拘束を完成させた。

「あっ、あっ、あっ」

まさか、縮んだ状態でこれほどきつく縛られようとは……。

迂闊《うかつ》に勃起したらどうなってしまうのか、体験せずとも容易に想像できる。

「さ、これでオーケー、次の機会まで、しっかり我慢するのよ」

「い、いつ……外してくれるんですか？」

「さあ、明日か明後日か……あ、四日後は金沢に行くんだっけ。そうなると、帰ってきてからかな？」

「そ、そんなぁ……勘弁してくださいよぉ」

泣き声で許しを請うも、熟女を首を横に振ってほくそ笑んだ。

「言っとくけど、これは約束を破った罰も入ってるんだからね」

「あ、ううっ」

「男の子でしょ？　ちょっとのあいだ、耐えてごらんなさい」

紗栄子はそう言いながらポーチを手に取り、中から取りだしたウエットティッシュで下腹に飛び散ったザーメンを拭き取る。

（あぁ……このチ×ポ、どうなるんだろ？）

この状態で何日も禁欲するなんて、とても考えられない。しかも金曜日までは学校、土曜日からは金沢旅行が控えているのだ。

いびつになったペニスを、少年は浮かない顔で見下ろすばかりだった。

第六章　快楽と苦悶のペニス縛り

1

四日後の十月八日、土曜日。

孝太郎は三連休を利用し、紗栄子や瑠美とともに北陸の地、金沢を訪れた。

午後に到着するや、兼六園《けんろくえん》や近江町《おうみ》市場、ひがし茶屋街と、初日は観光名所を回るも、少年の顔色は終始優れなかった。

ペニスを締めつけるリボンの枷が、何をしていても集中力を奪うのだ。

(おかげで、皮は捲れたままになったけど……)

精通を迎えてから四日も禁欲した経験は一度もなく、副睾丸には牡のエキスが溜まりに溜まっている。ちょっとした刺激でも海綿体に血液が流れこみ、そのたびに根元と陰嚢がキリキリ痛んだ。

(あぁ、いつになったら、ほどいてくれるんだろ?)

下腹部の不快感ともどかしさから、せっかくの観光旅行も心の底から楽しめない。

「……はあっ」

深い溜め息をつくと、瑠美が不思議そうな顔で問いかけた。

「どうしたの? ここのお寿司、おいしくない?」

「あ、そ、そんなことないです。すごく、おいしいですよ」

「でしょ? 地元でも、評判の店なんだから」

確かにネタは新鮮だし、シャリも口の中に入れただけでほろりとほぐれる。最高級の寿司ではあるのだろうが、今の状況ではとても味わう気分になれなかった。

「あ、お姉ちゃん、戻ってきた。ずいぶん、長いお手洗いね」

「やだ、レイコと電話してたのよ。今、仕事を終えて、近くにいるんだって」

「……そうなんだ」

「悪いんだけど、孝ちゃんのこと頼める? 二時間ぐらいで、帰れると思うから」

「うん、いいよ」

「じゃ、頼んだわね。会計は済ませておくから」

「あンっ、もう行くの？」

「そうよ……孝ちゃん、じゃあね」

「……あ」

紗栄子は手を振り、慌ただしく会計所に向かう。

孝太郎は肩を落とし、熟女の後ろ姿をやるせない顔で見送った。

（幼馴染みと会うんじゃ、二時間で戻ってこないかも）

店内の壁時計は午後八時を過ぎており、拘束の解放は明日以降になるかもしれない。

「孝太郎くん、どうする？　まだ食べる？」

「ううん……もう、お腹いっぱい」

「そう、タクシー呼ぶけど、来るまで、もう一杯飲んでいいかな？」

「……どうぞ」

瑠美は酒がよほど好きなのか、冷酒をすでに三杯も頼んでいる。

赤らんだ目元、潤んだ瞳は、泥酔して帰宅した紗栄子の表情とそっくりだ。

（ひょっとして、またエッチなエステを頼まれるんじゃ）

オイル手コキと激しいフェラチオを思いだし、胸がドキドキしだす。

ペニスがズボンの下で頭をもたげると、リボンが根元に食いこみ、錐《きり》で突き刺したかのような痛みが走った。

(あ、つつつっ!)

たとえ誘いをかけられても、受けいれることはできない。

紗栄子との約束は破れないし、恥部の拘束を見せられるはずもないのだ。

瑠美に気づかれぬよう、孝太郎は俯き加減から二度目の溜め息をついた。

2

「部屋……けっこう広いんですね」

瑠美の住むマンションに到着した孝太郎は、きょとんとした顔でリビングを見回した。

二十帖ほどの広さに、調度類は北欧のインテリアで統一されている。

窓から見える夜景も美しく、一人で暮らすには贅沢すぎる住居に思われた。

エステの経営が、よほどうまくいっているのだろうか。

「孝太郎くんが住む部屋の半分程度よ。そもそも、東京とは家賃が違うから」

「間取りは？」

「２ＬＤＫよ。あなたは、玄関のそばにある客間を使って。物置代わりに使用してる部屋で悪いけど」

「いえ、そんなこと……全然かまいません」

七階からの夜景を見渡しながら答えると、背中に柔らかい感触が走った。

彼女は後ろから抱きつき、胸の膨らみをそっと押しつける。

「……あ」

「なんか、酔っぱらっちゃったみたい」

「る、瑠美さん……あ、あの……」

「はあっ」

甘ったるい吐息を耳に吹きかけられ、牡の血が騒ぎだすと、孝太郎は精神統一して気を逸らした。

（勃起したとこで、しょうがないんだから。でも……）

破廉恥なエステプレイが頭から離れず、都合のいい展開をどうしても思い描いてしまう。瑠美は抱きついたまま、首筋から頬に向かって細い指をすべらせた。

「肌、すべすべだわ……羨ましいぐらい。白くて瑞々《みずみず》しくて、シミなんてひとつもないじゃない……お肌の手入れなんて、必要ないわね」

「あ、くすぐったいです」

「ふふっ」

含み笑いが聞こえ、思わずギクリとする。身体が離れたところで振り返れば、美女は悪戯っぽい笑みを浮かべていた。

「な、何ですか？」

「いいこと、思いついちゃった」

ドキリとした直後、予期せぬ言葉が耳朶を打つ。

「孝太郎くん、女の子の恰好をしたら、すごく似合いそう」

「え、ええっ？」

「エクステンションをつけて、薄化粧もするの。かわいい服を着たら、もう女の子にしか見えないわよ……ねえ、お姉ちゃんをびっくりさせてみない？」

突拍子もないアイデアに呆然とし、開いた口が塞がらない。

普通の状態ならまだしも、今はペニスをリボンで括られているのである。

ドッキリを仕掛ける気にはとてもなれず、孝太郎は小鼻を膨らませて抗議した。

「い、いやですよ……女の子の恰好《かっこう》するなんて」

「いいじゃない、お遊びなんだから……ね、お願い。一度、男の子に化粧させてみたいと思ってたの」

眉根を寄せ、困惑げに思案する。

就寝するにはまだ早く、さりとて性器を拘束された状態では、何をするにしても気を紛らわせそうにない。

「……わかりました」

仕方なく首を縦に振ると、瑠美は飛びあがって喜びを露にした。

「ホントに⁉　それじゃ、さっそく私の部屋に来てくれる⁉」

「……あ」

答える間もなく手を握られ、リビングの奥に無理やり連れていかれる。

引き戸が開けられ、照明がともると、シングルベッドに続いて大きなドレッサーが目に入った。

化粧台の横には引き出し付きのサイドテーブルが備えられ、棚には化粧道具や化粧品のビンがずらりと並べられている。

美容の仕事をしているとはいえ、豪華な鏡台セットにはぽかんとするばかりだ。

「さ、座って」

「……はい」

「鏡を見るのは、あとの楽しみに取っておきましょ」

スツールに腰かけたところで、瑠美はスライド式のミラーを横にすべらせた。

（あ、鏡の裏側も棚になってるんだ……こんなにたくさんの化粧品、全部使ってるのかな？）

素朴な疑問を抱いたとたん、美女は真横に移動し、チューブタイプの化粧品を手にして目を輝かせる。

「まずは、下地で肌をトーンアップするわね」

彼女はキャップを外し、肌色の薬液を指で掬《すく》ったあと、孝太郎の顔全体に薄く伸ばしていった。

「続いてコンシーラーで目の下や小鼻の脇、口角のくすみをカバーして……今度は、リキッドファンデをブラシづけするの」

顔の内側から外側に向け、斜め上方にブラシをすべらせるも、鏡はスライドしているので、どんなメイクなのかは確認できない。

「パウダーアイブロウで、眉を描いて……アイシャドウやアイラインは、透明感のある薄めのブラウンがいいわね」

「目は閉じてても、大丈夫ですか？」

「いいわよ……ふふっ、いい感じ」

自分は今、どんな顔をしているのか。

瑠美の上ずる声を耳にするたびに、なぜか胸がドキドキしてくる。男性にも女性ホルモンがあるらしく、自分の中の女が目覚めたのだろうか。

「チークも薄く、ハイライトで馴染ませてと……あとは、自然な艶感のあるコーラルピンクのリップを直塗りするわね。輪郭まできっちり塗ると、品のある印象に仕上がるのよ」

ルージュが唇に引かれる最中、気持ちが浮つきだし、早く鏡を目にしたい衝動に駆られる。彼女は最後に引き出しからセミロングのエクステンションを取りだし、孝太郎の頭にすっぽり被せた。

「ブラシで髪を整えて……はい、これでおしまいよ。さ、見てごらんなさい」

瑠美が鏡を元の位置に戻し、自分の顔がはっきり映しだされる。

「……あ」

薄化粧を施した容貌は、どこから見ても一人の女の子としか思えなかった。

簡単なメイクとエクステンションをつけただけで、これほど変わるものなのか。

今はただ目をしばたたかせ、惚けた顔で自身の姿を見つめるしかない。

「うふっ、かわいいわ……どう？　女の子の服も着てみたくなったんじゃない？　ちょっと待ってて」

瑠美は部屋の奥に向かって突き進み、折戸式の扉を引いてクローゼットを開放する。

そして、左端にあるクリーム色のワンピースを指差した。

「簡単に着られるし、これなんて、どうかしら？」

数えきれないほどの衣服に仰天するなか、渋い顔で拒絶の姿勢を示す。

「いや、それは……」

「うーん、抵抗があるのかしら？　それじゃ……」

美女は左隅に置かれたチェストに移動し、引き出しの中をごそごそと手探った。

(な、何をしてんだろ？)

緊張の面《おも》持ちをした直後、彼女は身を反転させ、手にしたものをひらひらと翻す。

裾にフリルをあしらった純白の布地は、ブラジャーとパンティに違いなかった。

「下着なら、穿いてみたいんじゃない？」

「あ、あ、あ……」

「これ、ずいぶん昔に買ったものなんだけど、かなり少女っぽいでしょ？　二、三度着けただけで、しまいこんでたの。処分しないで、よかったわ」

わずか数回とはいえ、目の前の下着は瑠美が実際に着用したものなのだ。

紗栄子のショーツを直穿きした記憶が甦《よみがえ》り、股間の中心がズキンと疼く。男の分身は節操なく、ズボンの下で体積を増していった。

「あ、ぐっ、ぐっ」

リボンが根元にキリキリと食いこみ、激しい痛みに身の毛がよだつ。

「あら、どうしたの？」

異変を察したのか、瑠美はきょとんとしたあと、好奇の眼差しを少年の下腹部に向けた。

「やだ……おっきしちゃったの？」

「い、いや、あの、それは、違うんです」

「違うって……自分の下半身、見てごらんなさい」

「……あ」

言われて目線を落とせば、ズボンの前が大きなテントを張っている。

慌てて股間を隠したものの、時すでに遅し。欲情した姿をしっかり見られてしまい、顔が火傷《やけど》したように熱くなった。

「いけない子ね……また昂奮しちゃうなんて。そんなに溜まってるの？」

「あ、あわわ」

ペニスの拘束を目にしたら、彼女はどんな反応を示すのだろう。

不安と甘い予感の狭間でうろたえるなか、瑠美はブラウスの前ボタンをゆっくり外していった。

3

「そんなに恥ずかしいなら、私も脱いであげる」

ブラウスの前合わせの隙間から、紺色の布地がチラチラ見える。瑠美がスカートのファスナーを下ろすと、モスグリーンの生地が足元にぱさりと落ちた。

昂奮するわけにはいかないのに、ストッキング越しの美脚から目が離せない。

生唾を飲みこんだ直後、美女は白いブラウスを脱ぎ、少年は想定外の光景に度肝を抜かれた。

「ふふっ、どう？」

「あ、あ……」

「これね、ボディストッキングっていうのよ」

「ボディ……ストッキング？」

オウム返しすると、瑠美は腰に両手をあてがい、モデルばりのポーズでプロポーションを見せつけた。

生地は伸縮性に富んでいるのか、スリムなボディにぴったりフィットしている。

細かい網目模様の生地はスケスケで、ブラジャーやショーツは確認できず、生白い地肌がはっきり確認できた。

乳房の中心は楕円形の穴が開いており、くっきりした谷間が丸見えの状態だ。

襟元のリボン、胸元から股間にかけての花柄の刺繍《ししゅう》がなんとも色っぽい。

秘めやかな箇所は大きく抉られたオープンクロッチで、女の園を余さずさらけだしていた。

（あ、あれ……毛が生えてないみたいだけど、まさか!?）

身を乗りだしたが、瑠美が身を転回させて肝心の箇所を隠してしまう。それでも今度はプリっとしたヒップが晒され、無意識のうちに鼻の穴を拡げた。

（ああっ、お尻も……ほぼ丸見えだぁ）

バックは逆U字形にカットされ、下着の役割を果たしているとはとても思えない。

紗栄子のボディスーツもセクシーだったが、こちらも引けを取らない悩ましさだ。

（瑠美さん、東京を発つ前からこの下着を身に着けてたの？）

唖然呆然とするなか、美女は肩越しに艶やかな視線を注いだ。

「どう？　私もここまで見せたんだから、もう恥ずかしくないでしょ？」

「あ、あの、その……」

紗栄子との約束と根元の拘束がなければ、迷うことなく服を脱ぎ捨て、女性用のブラとパンティを着用したに違いない。

（どうすりゃ……いいんだよ）

苦渋の顔つきをすると、瑠美は股間を手で隠して振り返った。

「孝太郎くんがためらってる理由……知ってるんだからね」

「……え？」

驚いて顔を上げれば、美女は優しげな笑みをたたえて種明かしする。

「私、見ちゃったのよ」

「見たって……何をですか？」

「孝太郎くんがジムで、お姉ちゃんにされたこと」

天地がひっくり返るような衝撃に、言葉が見つからない。

シェイプアップに興味のなかったはずの彼女が、なぜジムに足を運んだのか。

思考が乱れ、今は身動きひとつ取れなかった。

「ちょっとね、様子を見にいったのよ。どんな場所でやってるのかなと思って」

「あ、あ……」

「でね、内扉のガラス窓から覗いてみたの。もう、びっくりして心臓が止まるかと思ったわ」

あのとき、紗栄子は確かに外扉の内鍵は閉めなかった。

時間外から住人は誰も来ないと思ったし、禁欲の約束を破った後悔に頭がいっぱいで、注意を払う余裕がなかったのだ。

(ま、まさか……瑠美さんに覗かれてたなんて)

ひたすら愕然とするも、美女は咎めるでもなく、涼しげな顔をしている。そして間合いを詰め、しなをつくって囁いた。

「だからぁ、心配する必要なんてないのよ。なんだったら、私からお姉ちゃんに頼んであげる」

「……え？」

「おチ×チンの紐、外してあげてって」

「ホ、ホントですか!?」

「二人のあいだで何があったのか知らないけど、そんなの普通じゃないもの。びっくりしすぎて、固まっちゃったわよ」

拘束を早急に外してもらえるなら、どんな交換条件を出されても文句はない。

「知ってたんなら……もっと早く言ってくれればよかったのに」

涙目で訴えると、瑠美は申し訳なさそうに謝罪した。

「ごめんなさい……お仕置きって聞こえたから、孝太郎くん、何か悪いことしたのかなと思って……それに、やっぱり聞きづらいじゃない、あんなこと」

彼女の言い分は、よくわかる。すべては、継母のショーツに倒錯的な欲望をぶつけたことから端を発しているのだ。

何にしても、妹から説得してもらえるなら、こんなありがたいことはない。

「お願いしますっ！」

目を輝かせて懇願すると、瑠美はさも自信ありげに胸を張った。

「わかったわ、任せといて！　その代わり、こっちの願いも聞いてくれるわね」

「あ、は、はい」

「遠くて、よく見えなかったのよ。お姉ちゃんの陰になってたし……孝太郎くんが見せてくれるんなら、私のも見せてあげる！」

「えっ!!」

スケベ心が風船のように広がり、再びペニスの根元に痛みが走る。牡の肉は完全勃起し、もはや萎える気配はなさそうだ。

孝太郎はスツールから立ちあがり、ズボンのホックをためらいがちに外した。

「シャツも、全部脱いだほうがいいわ」

「は、はい」

拘束の逸物を目にしたら、瑠美はどんな顔をするのだろう。

羞恥と淡い期待が交錯し、胸が妖しくざわつきだす。

シャツを脱ぎ捨て、ズボンを下ろすと、ブリーフの中心は布地を突き破りそうなほど突っ張っていた。

「やぁン……すごい」

「はあはあ、ぬ、脱ぎます」

「早く見せて！」

覚悟を決め、パンツを一気に捲り下ろして男根を剝きだしにする。極限まで張りつめた肉棒は鬱血《うっけつ》し、樽《たる》のように膨れあがっていた。

青筋が破裂しそうなほど盛りあがり、自分の目から見ても驚くほどグロテスクだ。

「きゃあぁンっ！　すっごぉい!!」

「あ、ああっ」

身が裂けそうな恥ずかしさに腰をよじるも、怒張が萎む気配は少しもない。

瑠美は喜悦の声をあげたあと、興味津々の眼差しを注ぎ、右手を反り返る男根に伸ばした。

指先で亀頭と胴体をツンツンとつつき、強靭《きょうじん》な芯が入った裏茎をなぞりあげる。

「すごいわぁ……石みたいにカチカチ」

「おふっ」

「でも、おかしいわね……女の子がこんなもの、股から突きだしてるなんて」

美女はクスリと笑い、手のひらで胴体をペチペチと叩く。

ペニスが上下するたびに根元が痛むも、快感のタイフーンは怯むことなく股間の中心で吹き荒れた。

「顔は女の子なのに、なんか変な感じ……それじゃ、私も約束を守らないとね。こっちにいらっしゃい」

「は、はい」

あとに続けば、瑠美はベッドに歩み寄り、カバーとブランケットを捲りあげる。そしてシーツの端に腰かけ、クロスした手で陰部を隠しつつ、足を百八十度の角度で拡げた。

「あ、ああっ」

「いいわ、たっぷり見せてあげる」

言われなくても、今は全神経が美女のデリケートゾーンに向けられている。孝太郎は足のあいだに跪《ひざまず》き、息せき切って身を乗りだした。

「ふふっ、ホントにエッチね」

彼女は余裕綽《しやくしやく》々の表情で、股間から手をゆっくり外していく。

女肉の丘が全貌を現すと、少年は口をあんぐり開け放った。

「あ、ああっ」

Vゾーンには恥毛が生えておらず、なめらかな白い肌が燦々《さんさん》とした輝きを放つ。

つるんとした丘陵は幼女を彷彿とさせたが、中心にくっきり刻まれた肉の畝《うね》は発達しており、パイパンとのギャップが言葉では言い表せぬエロさを見せつけた。

「ふふっ、びっくりした？　あそこの毛、永久脱毛してるのよ」

少年は、ああ、そうかと思った。

瑠美はエステサロンの経営者で、脱毛コースがあっても不思議ではない。

それにしても、美しいラビアだった。

ベビーピンクの小陰唇は皺の一本もなく、ストレートなラインを描いている。

大陰唇から鼠蹊部も真綿のようにふんわりしており、すべすべの肌質には感嘆の溜め息が洩れるばかりだ。

「はあはあ」

「そんなに近づいたら、息がかかっちゃうわよ」

誘蛾灯に誘われる羽虫のごとく、知らずしらずのうちに顔を寄せてしまう。

紗栄子の女陰もきれいだが、瑠美のそれはスフレみたいな繊細さを感じた。

(まさか、ここの肌もお手入れしてるの?)

薄皮の肉帽子が剝きあがり、クコの実にも似たクリットがルビー色にきらめく。

秘肉のあわいにしっぽりした水源をとらえた瞬間、酸味の強い淫臭が鼻腔に忍びこんだ。

連鎖反応を起こした牡の欲望が大爆発し、反射的に顔を寄せる。

「あ、だめよ!」

瑠美は足を閉じながら咎《とが》めたが、孝太郎の唇はひと足先になまめかしい女肉に吸いついていた。

4

（あぁ、やらし……瑠美さんのおマ×コ、やらしすぎるよ）

無毛の局部が、これほどの昂奮を促《うなが》そうとは……。

孝太郎はまろやかな肉土手にかぶりつき、肉の尾根と内粘膜をしゃにむに舐《ねぶ》った。

「こ、こら、誰がそんなことしていいって……あ、やぁぁあっ」

美脚を抱《かか》えあげると、瑠美は仰向けに倒れこんで悲鳴をあげる。

小さな網目からピンコ勃ちの乳首がはみだし、彼女もまた昂奮状態に陥っていると思われた。

淫液がゆるゆると溢れだし、口の周囲がベトベトになる。

「あ、ンっ、やっ、くふぅ」

美女の喘ぎは次第に高みを帯び、肌の表面が汗の皮膜をうっすらまとわせた。

「いい、いいわ……孝太郎くん、すごく上手《じょうず》よ」

褒められれば、なおさらやる気が漲《みなぎ》り、クンニリングスに全神経を集中させる。

孝太郎はクリットと肉びらを口中に引きこみ、頬を窄めて恥液ごと啜りあげた。

紗栄子を絶頂に追いたてた、今の少年にとってはとっておきの秘技だ。

「ひっ！　く、はあぁぁっ!!」

瑠美はソプラノの声をあげ、背をシーツから浮かして仰け反る。

（る、瑠美さんも、口だけでイカせてやるんだ！）

根元の疼痛は気になるものの、男の性が無意識のうちに征服願望を求めた。

舌先で肉芽をコロコロと転がし、あやしてはいらい、はたまたこねくりまわす。鼠《そ》蹊《けい》部の薄い皮膚が引き攣り、パウダースノーの肌が瞬く間に桃色に染まる。

「あ、やっ、やっ、くふぅっ」

瑠美は指先でシーツを掻きむしり、視線が虚空《こくう》をさまよった。

オルガスムスの高波に襲われているのか、身のひくつきが顕著になり、恥骨を微かに振りだす。

（もうちょっとだ、もうちょっとでエクスタシーに……）

さらに吸引力を上げた直後、あえかな腰がぶるっと震え、上ずった声が響き渡った。

「もう、だめっ！　我慢できないわ!!」

「……あ」

瑠美は身を起こしざま、孝太郎の腋の下に手を差し入れる。そして目を吊りあげ、女とは思えぬ力で引っ張りあげた。

「あ、ちょっ……!?」

不意を突かれ、為す術《すべ》もなくベッドに倒れこむ。

美女は間髪をいれずに腰を跨ぎ、赤むくれのペニスに指を絡めた。

張りつめた亀頭が、すっかりほころびた秘裂にあてがわれる。柳腰が沈み、開花した二枚の肉びらが先端をぱっくり挟みこむ。

あっと思った瞬間、肉筒は雁首の手前まで膣の中に埋めこまれていた。

「あ、く、く……」

「むふっ！」

ペニスは限界を超えて膨張しているせいか、横に突きでたえらが膣口をくぐり抜けない。

「す、すごいわ……何、これ」

「ぐぐ、くはぁ」

美女が強引に腰を落とし、先端に微かな痛みが走る。やがて雁首は膣の入り口を通過し、蜜壺の中にずちゅちゅちゅっと埋めこまれた。

「あひっ！」

「ぬはぁぁっ！」

怒張が根元付近まで呑みこまれ、リボンの枷が皮膚にギューギュー食いこむ。

姉に続き、とうとう妹とも背徳の契りを交わしてしまったが、今の孝太郎に快感と満足感に浸る余裕はいっさいなかった。

（くう……チ、チ×ポが……ちぎれそう）

脂汗が額から滴り落ち、ペニスの感覚が徐々に失せていく。

「はあっ……ゆっくり動くから」

瑠美は息をひとつ吐き、ゆったりした律動を開始したが、孝太郎は口を真一文字に結んだままだ。

「はあっ、硬い、おっきい、こんなの初めて」

腰の回転率が増していき、結合部からじゅぽじゅぽと卑猥な破裂音が響きたつ。

ふしだらな媚臭が鼻先まで漂うも、性感は一定のラインを保ったまま、孝太郎は人形のように横たわるばかりだった。

「ああっ、ガチガチの雁とゴリゴリした血管が気持ちいいとこに当たって、すごいっ！　すごいぃぃいっ！　クセになりそう!!」

「ぐ、くくうっ」

こちらの状況などお構いなく、スリムな美女は腰をしゃくって男根を弾き転がす。うねりくねる白濁液が射出口をこれでもかとつつき、射精欲求が一転して急上昇のカーブを描く。

「あぁっ、いや、イッちゃう、すぐにイッちゃう!!」

瑠美がヒップをグリンと回転させると、腰に熱感が走った。

息を止めて身をよじっても、荒れ狂う肉悦は自制という防波堤を突き崩していく。放出すれば、紗栄子との約束をまた破ることになるが、もはや自分の力ではどうにもならない。

孝太郎は大口を開け、声を裏返して我慢の限界を訴えた。

「あ、あ、ぼ、ぼくもイッちゃいます!」

「いいわ、いっしょにイッて! たくさん出してぇ!!」

バツンバツンと肉の打音が響き、こなれた膣襞が胴体を上下左右から揉みくちゃにする。

「いやぁ、イクっ、イッちゃう!」

「あ、ああっ! も、もう!!」

「イクイクっ、イックぅぅンっ！」

瑠美がヒップを震わせ、肉の振動がとろとろの媚粘膜を通して伝わった。

四日ものあいだ、溜まりに溜まった欲望が怒濤《どとう》のごとく迫《せ》りあがる。

「あぁ、イクっ、イクっ！」

息を吐きだして脱力した瞬間、リボンの枷に遮《さえぎ》られたザーメンが副睾丸に向かって逆流した。

「あ、ぐうっ！」

イキたくてもイケない苦しみに、断末魔の叫びをあげる。

「ぐ、はぁあぁあぁっ！」

顔面を紅潮させ、シーツに爪を立てるあいだ、瑠美が絶頂にわななくたびに根元がズキズキと痛んだ。

「はあはあはあっ、あぁ、気持ちよかったわ、こんなに最高だったの、初めてよ……あら、どうしたの？」

目尻に涙を溜め、奥歯をギリギリ嚙みしめる。孝太郎は顔を背けたまま、弱々しい声で答えた。

「チ、チ×ポが……痛いです」

「そういえば、イッてないみたいだけど……」

「締めつけが強くて……イケませんでした」

「やだ、ホントなの？」

瑠美は目を丸くし、恐るおそる腰を浮かせて膣から男根を抜き取る。ペニスは相変わらず完全勃起を維持したまま、根元には血がうっすら滲んでいた。

「まあ、がっちり食いこんでる……これじゃ、確かにイキたくてもイケないかも」

「く、くくっ」

「ということは……何回でもエッチできるわけね。いやぁンっ」

予想外の言葉にギョッとし、頭を起こして悦に入る美女を見つめる。

心配するどころか、さらなる悦楽を求めようとは……。

美女の貪欲《どんよく》さに戦慄した直後、瑠美はクスリと笑った。

「ふふっ、冗談よ。紐、外してあげるわ」

「あ、ちょっと待ってください」

今となっては、紗栄子との約束は守れたのだから、射精できなかったのは運がよかったのではないか。

「は、外さなくて……いいです」

「え、どうして？　このままじゃ、苦しいでしょ？」

「でも、紗栄子さんの許しを得るまでは……そう約束したから」

「ふうん、孝太郎くん……ひょっとして、マゾなんだ？」

「い、いや、あ、あの、それは……」

沈黙の時間が流れ、恥ずかしさで頬を赤らめる。

「これって、お仕置きなんでしょ？　ジムでどんな話をしてたかまでは、よく聞こえなかったけど」

「ま、まあ……そんなとこです」

「お仕置きされなきゃならないこと、したんだ？」

「は、はい……恥ずかしくて……とても言えないですけど」

「いいわ、お姉ちゃんに聞くから」

「えっ!?」

「だって、その紐、お姉ちゃんに外してもらわないと、だめなんでしょ？」

「それは、そうですけど……」

「とにかく、私に任せて。悪いようにはしないから」

一抹の不安は感じるが、確かに彼女の言うとおり、もはやこの状況のまま一夜を過ごすことはできない。思考のすべては、一刻も早い放出願望に占められているのだ。

「任せてくれるわね？」

「お、お願いします」

「ふふっ、大船に乗ったつもりでいて」

か細い声で懇願すると、瑠美はベッドから下り立ち、屹立状態のペニスに艶っぽい眼差しを向けた。

「本当に、すごかったわ……まだ、勃ちっぱなしじゃない。あのときから、外してないんだ？」

「は、はい」

「だから、小さくならないのね。血が滲んでるけど、大丈夫？」

「だ、大丈夫……あちちっ」

身を起こしたとたん、根元に痛みが走り、思わず顔をしかめる。

「孝太郎くんが、悪いんだからね。私の身体に、火をつけたんだから……あんなに舐めまわされて吸われたら、誰だってほしくなっちゃうわよ」

「ご、ごめんなさい」

どうしても欲望を抑えられず、性衝動の赴くまま女陰を舐り、ついには男女の関係にまで及んでしまったのだ。

喜ぶべきか、反省するべきか。複雑な表情で俯くなか、瑠美は傍に置かれたブラジャーとパンティを手に取った。

「最初の予定どおり、女の子の格好をしてお姉ちゃんの帰りを待ちましょ」

「……へ？」

「せっかくメイクまでしたんだし、このまま終わらせるのはもったいないじゃない。お姉ちゃんをびっくりさせたあとは、私に任せてくれればいいわ」

彼女は、どんな解決策を考えているのか。推し量ることはできないが、今は頼りにするしかない。

仕方なく頷《うなず》くと、瑠美はにっこり笑い、再びチェストに歩み寄った。

「私、シャワーを浴びてくるから、孝太郎くんはそのあいだに下着とクローゼットの中にある好きな服を身に着けておいて」

「下着、汚れちゃうけど……いいんですか？」

「かまわないわ。着替えたあと、様子、見にくるから」

「わ、わかりました」

まさか、女性用の下着まで穿く羽目《はめ》になろうとは……。

抵抗はあるが、こうなったらやるしかない。

瑠美がバスタオルを手に部屋から出ていき、一人ぽつんと取り残される。

鏡を横目で見やれば、見知らぬ少女が全裸で佇んでおり、股間からは赤黒い如意棒が天に向かってそそり勃っていた。

第七章　姉妹どんぶりで強烈絶頂

1

（ああ……チ×ポが、全然小さくならない）

瑠美とまでエッチしたのに、寸止めを食らって放出できず、孝太郎は狂おしげな表情で身をくねらせた。

睾丸の中の樹液は、いまだに煮え滾《たぎ》っている。

いたたまれなさに頭が爆発しそうだが、拘束を外してもらわなければ、どうにもならないのだ。

枷の痛みを少しでも取り除こうと、少年は目を瞑《つむ》り、精神を統一させた。

淫らな妄想を頭から追い払い、無理にでも無我の境地に身を投じる。やがてペニスが頭《こうべ》を垂れ、同時に根元の疼痛も和らいでいった。

「はあぁっ」

涙目で股間を見下ろし、大きな溜め息をつく。

自分の手でリボンをほどけばいいものを、ひたすら我慢しつづけている己《おのれ》が滑稽に思えた。

それだけ、彼女の信頼を得たいという気持ちがあるのかもしれない。

いや……本音を言えば、孝太郎自身も倒錯的な状況に昂奮し、また楽しんでいるのは疑う余地のない事実なのだ。

(きっと、ぼくって……根っからの変態なんだ)

学友らが勉強に励んでいるなか、アダルト動画をコレクションし、AV男優に憧れ、さらには美しい姉妹とアブノーマルな欲望を貪《むさぼ》っている。

こんな中学二年生が、この世にいるだろうか。

(しかも、女装まで……あぁ)

孝太郎はブラジャーを手に取り、切なげな顔で腕を通していった。両手を交互に背中に回すも、バックベルトがなかなか摑《つか》めない。

（な、なんだよ……女の子って、こんな面倒なこと、毎日やってるの？）

ようやく布地をとらえ、ホックをはめたものの、胸がないのでカップがずれる。

鏡を見ながらなんとか体裁を整え、続いて純白のパンティに手を伸ばした。

柔らかい生地に鼓動が高鳴り、小さな喉仏を上下させる。

女性用の下着を身に着けるのは、紗栄子のショーツを盗んだとき以来だ。

昂奮の度合いは比べものにならないが、胸がざわざわしだし、孝太郎の目は次第に据わっていった。

（この下着も、かなり小さいぞ……穿けるのかな？）

半信半疑で布地に足を通し、慎重に引っ張りあげる。やはり太腿の中途で引っかかるも、伸縮性に富んだ生地は肌の上をすべり、陰嚢を優しく包みこんだ。

丈が長いので、萎えたペニスなら入るかもしれない。

裏地の中に無理やり押しこむと、すべすべの柔らかい感触がやけに心地よく、意識せずとも目尻が下がった。

「あ……あぁっ」

女性の下着は、なぜこんなにも繊細な作りなのだろう。

うっとりした瞬間、またもや下腹部がムズムズしだし、幼い肉茎が膨張の一途をたどった。

（あっ、我慢、我慢《たぐ》だぁ）

慌てて理性を手繰り寄せたものの、海綿体に注入された血液はいっこうに引かず、パンティの上縁から宝冠部がニョキッと顔を覗かせる。

四日間の禁欲生活は、自制心を抑えられないほどの欲求を溜めこませたらしい。

いくら待っても、ペニスは屹立したまま。根元の痛みもぶり返し、孝太郎はあきらめ顔でクローゼットに歩み寄った。

（とりあえずは、服で隠すしかないか）

右から左に視線を振り、容易に着用できそうな衣服を吟味する。

「やっぱり……ワンピースが、いちばん無難かな？」

丈が膝下まであるものなら、下腹部の不安定さを多少は解消してくれそうだ。

他の衣服を掻き分け、クリーム色のワンピースに手を伸ばした刹那、床に置かれたダンボール箱に目がとまった。

上蓋は開いており、中にはプラスチックのケースがいくつも入っている。

（な、なんだ……ま、まさか？）

最初は映画のＤＶＤだと思ったのだが、裏返しにされたパッケージには明らかに女性の裸体が映っている。好奇心に駆られるまま手に取り、表を確認した瞬間、孝太郎は頭をカナヅチで殴られたような衝撃を受けた。

「あ、ああっ!?」

スケスケのランジェリーを身に着けたバストアップの女性は、紛れもなく紗栄子だったのである。

2

「う、う、嘘だろ?」

美しい義母は、かつてAV女優としてアダルトビデオに出演していた。

名前こそ違うが、色っぽい姿のパッケージが事実であることを証明しているのだ。

いったい、いつ頃の作品なのか。

髪形はセミロングで、ぱっと見は二十代半ばだと思われる。

(十年ぐらい……前かな?)

他のビデオを漁ると、紗栄子が単体の作品に続き、上半身裸の瑠美のパッケージ写真が現れた。

「マ、マジっ⁉」

驚きの連続に啞然呆然とし、今は言葉が見つからない。

姉は七本、妹は五本、姉妹で出演している作品が二本と、計十四本のアダルトビデオの前で立ち尽くす。

「こ、これで……全部なのかな？」

孝太郎のAVコレクションは近年のものが多いため、出演本数の少なさと古い作品であることから、探し当てられなかったのだろう。

（姉妹で……アダルトビデオに出演してたんだ）

タイトルを確認すれば、「男を勃起させるヒワイな巨尻」「杭打ち騎乗位　童貞筆下ろし」「M男を泣かせる寸止め焦らし」「何度イッても、やめてもらえない　追撃男潮」など、二人とも男を攻めたてるジャンルばかりだ。

匂い立つような色気もさることながら、巧緻を極めたテクニック、いやらしい仕草や過激な振る舞いも、元AV女優なら納得できる。

（あぁ、もっと早く知っていれば、コレクションしてたのに……）

地団駄を踏んで悔しがると、背後から女性の笑い声が聞こえ、孝太郎は肩をビクリと震わせた。

「どうやら、バレちゃったみたいね」

恐るおそる振り返れば、バスローブ姿の瑠美が部屋の入り口に佇《たたず》み、その横で同じ恰好をした紗栄子が艶然とした笑みをたたえていた。

「さ、紗栄子さん……ど、どうして？　幼馴染みに会ってたんじゃ？」

「ごめんね、あれ、嘘なの」

「……え？」

「東京を発つ前に誘われたのは事実だけど、孝ちゃんをほったらかしにして、遊んでるわけにはいかないでしょ？　だから、瑠美と相談して一計を案じたというわけ」

「ぼ、ぼくのために……誘いを断ったんですか？」

「そうよ、でも……感謝されることじゃないわ。逆に怒っても、いいぐらい……ひどいこと、たくさんしちゃったし、瑠美を東京に呼び寄せたのも私なんだもの」

「え、えええっ!?」

思わぬ真相に仰天すれば、瑠美が口に手を添えてクスッと笑う。

「お姉ちゃんから話を聞いて、ムズムズしちゃったの。孝太郎くんに初めて会ったとき、かわいい男の子だと思ったし、ずっといじめたいなって考えてたのよ」

「は、話は、全部……聞いたんですか？」

「そうよ、お姉ちゃんのショーツを盗んで穿いたりとか、何度も射精を繰り返したりとか、エッチまでしたこともね。で、我慢できなくて、東京に出てきたというわけ」

裏事情を明かされ、これまでの理不尽な点がようやく理解できた。

瑠美が予告もなしに上京し、突拍子もないエステ行為から精を搾り取られたこと。紗栄子の対応が、以前にも増して積極的になったこと。唐突な金沢旅行も、すべては姉妹のあいだで仕組まれていた筋書きだったのだ。

「私が悪いのは、わかってるわ。酔っぱらって帰ってきたとき、刺激させちゃったみたいだから……ごめんなさいね」

紗栄子が謝ることではない。きっかけを作ったのは自分だし、背徳と倒錯の関係は孝太郎自身も初めから望んでいたことなのだ。

「びっくりしたでしょ？　そのビデオ」

「え、あ、はい」

「親が残した借金を返すために、AV業界に入ったのよ。一年ほど、やったのかな。瑠美もいっしょに住んでたときだったから、すぐにバレちゃって……」

「それで私もデビューしたいって、お姉ちゃんに頼んだの。二人ならそれだけ早く借金を返せるし、私も店を出す資金を貯めたかったから」

「そ、そういうことだったんですか」

「てっきり……知ってるんじゃないかと思ったのよ」

「……は？」

紗栄子が室内に足を踏み入れ、ゆっくり近づいてくる。孝太郎は羞恥から身をよじり、胸と股間を腕と手で隠した。

「私がＡＶに出てたこと……それでよからぬことを考えたんじゃないかって、最初は戸惑ったわ」

「ち、違います！　本当に知りませんでした。純粋に……あの、紗栄子さんが気になって……」

「ふふっ、そう、それを聞いて安心したわ」

「お姉ちゃん、どう？　孝太郎くんのメイク」

「かわいいわ、女の子みたい」

「……あ」

そっと抱きしめられ、バスローブ越しのバストの弾力に胸が弾む。いったんは萎えかけたペニスに、またもや硬い芯が入りはじめた。

「よく、四日も我慢できたわね」

「や、約束だったから」

「ご褒美に、たっぷり出させてあげる」

「……ああっ」

そのひと言だけで、長く感じられた禁欲生活のつらさも報われるというものだ。

「よく見せて」

「は、はいっ」

頰を赤らめて手を外せば、麗しの美熟女はうっとりした顔で見つめた。

「ホントに、女の子みたい……あらあら、おチ×チンの先っぽがパンティから飛びだしちゃって」

「は、恥ずかしいです」

「もっと、よく見せて」

紗栄子は腰を落としざま、パンティを捲り下ろす。そして、瞬く間に険しい表情に変わっていった。

「やだ、血が滲んでるわ。それに、いやらしい匂いがぷんぷんするわよ……瑠美、あなた、まさか……」

「ごめぇん、孝太郎くんのクンニが気持ちよすぎて、我慢できなくなっちゃったの」

「イカせちゃったの!?」

「ううん、それは大丈夫。リボンの枷で遮られたみたい」

「……そう」

美熟女はホッとした表情に変わり、小さな溜め息をつく。

「もう、何やってるの、あなたは……メイクと女の子の恰好させるだけだって言ったでしょ」

どうやら瑠美との情交は、打ち合わせになかったようだ。姉は妹の勇み足に憤慨していたが、すぐさま鬱血したペニスに色っぽい眼差しを向けた。

「でも……すごいわぁ。こんなに腫れちゃって、血管が浮きあがってるじゃない」

「あ、ああ」

湿った吐息が男根にまとわりついただけで、背筋に甘美な電流が走る。

果たして、どんな淫らな行為で精液を絞り取ってくれるのか。

あれこれと妄想したとたん、牡の血が騒ぎ、拘束ペニスはいちだんと反り返った。

3

（すごい……おチ×チン、今にもはち切れそう）

ドクドクと脈打つペニスを前に、牝の淫情が吹き荒れる。

膣襞の狭間《はざま》から愛蜜が溢れだし、紗栄子は今すぐにでも勃起をしゃぶりたい心境に駆られた。

どうやら、四日間の禁欲生活は予想以上の効果を与えたらしい。

孝太郎のパソコンを調べた際、自分が出演しているアダルトビデオは一本もなく、義理の母がAV女優をしていた事実に気づいていないのは明白だった。

純粋に、一人の女性として恋慕と性的な好奇心を向けていたのだ。

彼の期待に応えたいという思いが道ならぬ交情を決意させ、もっと悦ばせたいがためにさまざまな計画を練ったのである。

（だから、瑠美を呼んだのに……勝手なマネをして）

愛液でギトギトになった肉筒は淫靡な照り輝きを放ち、ふしだらな媚臭が鼻先までぷんぷん香った。

瑠美とはかつてレズシーンを演じており、一本のペニスを交互に貪ったこともある。抵抗感はさほどないが、鳶に油揚げをさらわれたような気分は拭《ぬぐ》えなかった。

(まあ、いいわ……イカせなかっただけでも)

紗栄子自身の嗜好はもちろんのこと、少年のマゾヒストもとことん満足させ、最高の射精感を味わってもらうのだ。

「瑠美、来て」

立ちあがりざま目配せし、妹を呼び寄せる。

美熟女は孝太郎を甘く睨みつけ、亀頭の先端を指先でツンツンつついた。

「クンニしたって、本当なの?」

「あ、そ、それは……」

「だめって言ったのに……孝太郎くん、獣のように襲いかかったのよ」

瑠美の言葉に、少年はかわいそうなほど慌てふためく。

長期間の禁欲中に色仕掛けで迫られたら、成人男性でも我慢できないだろう。性欲溢れる十代なら、なおさらのことだ。

わかったうえで、紗栄子はねちねちと責めたてた。

「まあ、そんな強引なことしたの? いやらしいわ……女なら、誰でもよかったのかしら？」

「ち、違うんです」

「違わないでしょ？」

「あふっ！」

雁首をなぞり、鈴口に指をすべらせれば、とたんに細い腰がわななく。

「今日は……たっぷり、お仕置きしないとね」

「あ、あぁぁっ」

孝太郎は仕置きという言葉に反応し、すぐさま目をとろんとさせた。

バスローブの腰紐に手を伸ばし、目線で合図を送れば、瑠美もあとに続く。

ワクワクしながら白い布地を脱ぎ捨てると、少年の目が大きく開き、怒張が下腹にべったり貼りついた。

「あ、あ……」

ローブの下に着けているのは、刺激的なスリングショットのビキニだ。

サスペンダータイプの水着はVフロントが特徴で、布地の幅は二センチ程度しかなく、乳首と縦筋を隠しているだけにすぎない。

乳房の輪郭や大陰唇は剝きだしの状態で、自分の目から見ても、卑猥なことこのうえなかった。

「ふふっ、どう？　この恰好」

「す、す、すごい……色っぽいです」

少年は目を血走らせ、姉妹の水着姿を交互に見つめる。

紗栄子はローズレッド、瑠美はシャルトルーズイエローと、ビビッドな色合いが目に映える代物だ。

「溜まりに溜まったスケベ汁、一回出しちゃおうか？」

ストレートな淫語を投げかけると、孝太郎は背筋をピンと伸ばし、腰をこわごわ突きだした。

（リボンを外してもらえると思ってるのかしら？　まだよ……すぐに射精させたら、面白味がないもの）

瑠美に再び目配せし、二人ほぼ同時に腰を落とす。そして、リボンの紐が食いこむ皮膚を舌先でチロチロ舐った。

「あぁン、血が滲んじゃって……消毒しないと」

「うっ、くっ」

くすぐったいのか、痛いのか。少年は口をひん曲げ、腰をくなくな揺らす。

「あぁン、お姉ちゃん、私も舐めていい？」

「いいわよ……あなたの愛液がたっぷりついてるんだから、自分でこそげ落としてあげなさい」

言い終わらぬうちに、瑠美は先端をかぽっと咥えこみ、口元をモゴモゴさせた。

「それじゃ、私はプリプリのタマをしゃぶってあげるわ……ンふぅ」

「あ、あ……」

唇を開いて片キンに押し当て、徐々に吸引力を上げていく。やがて圧力に負けた肉袋が口中にスポンと引きこまれ、頭上から引き攣った声が洩れ聞こえた。

「き、ひっ！」

口腔粘膜で睾丸を甘噛みし、舌の上で左右に転がす。続いて唾液ごと啜れば、孝太郎は爪先立ちになり、内腿をピクピク痙攣させた。

もう片方の皺袋にも同様の手順を踏むなか、瑠美の口から溢れた涎がたらたら滴る。

（あンっ、もう……）

仕方なく陰嚢を吐きだすと、妹は早くも本格的なフェラで怒張を蹂躙《じゅうりん》していた。

じゅぽっじゅぽっ、しゃぐっしゃぐっ、じゅる、ずちゅるるるるっ！

はしたない吸茎音を恥ずかしげもなく響かせ、貪るような口戯に目を見張る。

さらには頬を鋭角に窄め、首を螺旋状に振ってはスクリュー状の刺激を肉茎に吹きこんだ。

（やらし……瑠美ったら、ホントにスケベなんだから）

昔から発展的な性格で、アダルトビデオの初出演のときでさえ、臆することなく目を輝かせていたものだ。

エステ経営は客商売だけに、いろいろとストレスが溜まっているのかもしれない。

このときとばかりに、鬱憤を晴らしているとしか思えなかった。

上目遣いに見やれば、孝太郎は口を半開きにし、熱病患者のように喘いでいる。

「あぁ、あぁっ」

顔面は汗まみれ、虚ろな表情は決して快感だけを享受《きょうじゅ》しているとは思えない。

ペニスは極限を超えて反り勃ち、紐がギューギューに食いこんでいるのだから、ひどい疼痛にも耐えているのだろう。

（あぁン、苦しそうな顔……たまらないわ）

すぐにでも拘束を外してあげたいが、まだまだ楽しみたい気持ちもある。

「いつまで、しゃぶってるの……代わって」

紗栄子は瑠美から剛直を奪い取り、負けじと激しいフェラチオを繰りだした。

亀頭冠を舐めまわし、怒張をがっぽり咥えこんで枷の手前までズッと引きこむ。さらには唾液をまぶしつつ、上下の唇で静脈の浮きあがった肉胴をまんべんなくしごいた。

「ンっ、ンっ、ンっ！」

鼻から軽やかな息継ぎを繰り返し、徐々に顔の打ち振りを速めていく。ペニスが口の中で跳ね躍るたびに秘芯が火照り、胸のときめきが高まった。

「お姉ちゃん、すっごくエロい……フェラ、苦手じゃなかったの？　私だって、負けてないんだから」

瑠美はライバル心を剝きだしにし、ペニスの横べりに唇をすべらせる。

「く、はあっ！」

孝太郎はダブルフェラチオに身をくねらせ、泣きそうな顔で咆哮《ほうこう》した。

「あ、おぉぉおっ！」

「お姉ちゃん、今度は私」

交互に剛槍を舐めしゃぶり、青筋が破裂せんばかりに膨張する。

キンキンの男根は二人の唾液でぬめりかえり、胴体から陰嚢を伝った雫がフローリングの床にまで滴った。

ぷっ、ぷぽっ、ぶぱっ、じゅぴっ、ぎゅぷぷぷぷぅっ！

「はぐっ、ひぐっ、ふぐっ、だ、だめっ、イクっ、イッちゃいます」

少年が我慢の限界を訴え、眉間に皺を刻んで腰を折る。紗栄子は唇を窄め、怒濤のフェラで肉棒を啜《すす》りあげた。

「イグっ、イグっ……あ、あふぁわぁあぁ！」

血管が脈打った瞬間、すかさずペニスを口から抜き取ったものの、またもやリボンの枷で堰《せ》きとめられたのか、鈴口からザーメンは噴出しない。

孝太郎は苦悶の表情で身悶え、涙をぽろぽろこぼした。

（あぁン、かわいいお顔！）

胸の奥が甘く締めつけられ、もっと苛《いじ》めたい心境に駆られたが、さすがにこれ以上の苦痛を与えるのは酷というものだ。

リボンの端をつまみ、ためらうことなく結び目をほどけば、尿道がおちょぼ口に開き、濃厚な一番搾りが一直線に迸《ほとばし》った。

「きゃっ！」

「やぁあぁン」

白濁液は姉妹の頭を飛び越え、三メートルほど先の床に着弾する。慌てて身を引いたが、二発目は高々と跳ねあがり、三発目以降も勢いは少しも衰えなかった。おびただしい量のザーメン、獣じみた射精シーンにはＡＶ男優さえ言葉を失うに違いない。

「おうっ、おうっ！」

孝太郎はオットセイのような声で喘ぎ、飽くことなき放出を繰り返す。猛々しい吐精は、いつまで続くのか。

「す、すごいわ」

よほど驚いたのか、さすがの瑠美も床に後ろ手をついて呆然としていた。

ゆうに、十回は放出しただろうか。

最後に残滓《ざんし》をぴゅるんと吐きだし、栗の花の香りがあたり一面に立ちこめる。

噴出がようやくストップした直後、少年は天を仰ぎ、そのまま膝から崩れ落ちていった。

4

（あ、あぁ……き、気持ちよすぎる）

孝太郎は白い天井をぼんやり見つめ、途切れなく押し寄せる陶酔のうねりに身を委ねた。

我慢に我慢を重ねたあとの放出が、これほどの悦びを与えようとは……。

快感のしぶきが全身に波及し、今は根元のひりつきすら気にならない。

V字形の過激な水着にハートを射抜かれ、淫らなダブルフェラチオは目が眩《くら》むほどの昂奮を覚えた。

(こ、こんなお仕置きなら……またされてみたいかも)

快楽の余情に震えるなか、二人の会話が微かに聞こえる。

「ホント……すごい射精ね」

「信じられない……こんなの、初めて。いったい、どうなってんの?」

「私もびっくりだわ……ちょっと、やりすぎちゃったかもね」

「お姉ちゃん、見て……おチ×チン、まだ勃ってるよ」

「四日間の禁欲ぐらいじゃ、出し足らないのよ。とりあえず、紐はちゃんと外してあげましょ」

リボンの枷はいまだに皮膚に食いこんだままで、紗栄子が取り外しにかかり、ピリリとした疼痛が少年を現実に引き戻した。

「あ、つっ」

「孝太郎くん、大丈夫？」

瑠美の問いかけに目をうっすら開け、惚けた表情で答える。

「あ……は、はい」

「ずいぶんと、たっぷり出したわね」

「ご、ごめんなさい……床を汚しちゃって」

「そんなの、気にしなくてもいいわ。それより、まだイケるんじゃない？」

「はあ？」

「おチ×チン、見てごらんなさい」

下腹部を見下ろせば、ペニスはいまだに硬直を保っている。

欲望の炎が腰の奥で燻《くすぶ》り、モヤモヤした気持ちは少しも消え失せていない。

「あら、紐を取っても、皮が剝けたままだわ」

孝太郎は紗栄子の言葉にハッとし、亀頭をまじまじと注視した。

確かに包皮は雁首できれいに捲れ、逞しく成長した先端を誇らしげに見せつけている。包茎矯正がようやく実を結び、大人になった喜びに頰が緩んだ。

「皮膚が、擦りむけてるわ」

美熟女は身を屈《かが》め、根元の傷を舌で優しく舐める。

愛情たっぷりのケアに幸福感を味わい、同時に牡の淫情もゆっくり頭をもたげた。

続いてソフトなキスを受ける最中、痺れていた怒張が感覚を取り戻していく。

裏茎に太い芯が入り、ペニスのサイズがひとまわり大きくなった気がした。

「やぁン……また、ほしくなっちゃった」

「あんたは、もうしたでしょ！」

姉に睨まれ、妹が舌をペロッと出す。

紗栄子はすっくと立ちあがり、下から見あげるアングルが峻烈なエロチシズムを放った。

「あ、あぁ」

ほぼ丸見え状態の乳丘、くっきりしたY字ライン、ふくよかな大陰唇にむっちむちの太腿。セクシーな水着があだっぽさをより際立たせ、一瞬にして骨抜きにされてしまう。

(紗栄子さんは……やっぱり、最高だ)

熟女が胸を跨いで腰を落とすと、孝太郎は熱い視線を両足のあいだに注いだ。

こちらの心の内を察したのか、徐々に足を開いて秘めやかな箇所を見せつける。

「お、おぉ」

細いクロッチは縦筋の中に食いこみ、はみだした二枚の唇となめらかな肉の丘陵に男が奮い立った。

「どこを見てるの？」

「あ、あの……あそこです」

「いやらしい子ね」

「ご、ごめんなさい」

「気分は、落ち着いたんでしょ？」

「は、はい」

「今日は、あと何回射精するのかしら？　孝ちゃんのスケベなチ×チン、とことんしつけてあげないと」

淫語が脳幹を突き刺し、体内で揺らめいていた淫情の炎が一気に燃えあがる。切なげな顔で腰をくねらせると、真横に跪いていた瑠美がうれしげな悲鳴をあげた。

「やぁン、また我慢汁が溢れてきた……先っぽがヌルヌルよ」

「はあぁっ」

眉尻を下げれば、紗栄子は前に進み、内腿で孝太郎の両頬を挟みこんだ。

「ふふっ、この望みだけは、まだ叶えてあげてなかったわね」

「はふっ、はふっ」

痛みはまったくなく、ふにふにした温かい感触に酔いしれる。陰部も顎の下まで接近し、三角州に渦巻く媚臭がぬっくりした空気とともに漂った。

「挿れたい？」

「は、はい……い、挿れたいです」

「それじゃ、お口でちゃんと湿らせて」

熟女はクロッチを指でつまみ、恥割れから布地を引っ張りだす。そして脇にずらし、剝きだしの陰部を突きだした。

淡紅色の女肉はすっかり開花し、中心部は多量の花蜜で潤っている。彼女も、フェラチオをしながら性的な昂奮に翻弄されていたのだろう。

今度はムワッとした熱気が頰を掠め、甘酸っぱい芳香に脳髄が蕩けた。

ためらうことなく頭を起こし、麗容を晒した恥肉を亀裂に沿ってベロベロ舐める。

「う、ふうン……クリットのほうも……そう、あやすように丁寧によ……あ、はン、とっても上手よ」

「あぁン、やだ……私まで、変な気分になってきちゃった」

瑠美は自ら慰めているのか、真横からくちゅくちゅと淫猥な音が響き、性感が瞬く間に頂点まで駆けのぼった。

「はあぁっ、いいわ……お望みどおり、おマ×コに挿れさせてあげる」

紗栄子は潤んだ瞳を向け、腰を浮かせて後退する。

不思議なもので、根元の痛みはすっかり失せ、頭をビクビク振る剛直が一刻も早い挿入を訴えた。

「あぁ、出したばかりなのにコチコチだわ」

「く、くふっ」

熟女は秘割れに亀頭の先端をなすりつけたあと、大股を開いて巨尻を沈めていく。

宝冠部が濡れた窪みに埋めこまれ、こなれた媚肉が胴体をゆっくりすべり落ちた。

熱くて柔らかい感触が男根を包みこみ、秘湯の温泉に一人浸かっているような安息感に五感が痺れた。

(く、くう……紗栄子さんのおマ×コ、何度味わっても……気持ちいい)

愛液がくちゅちゅっと洩れ聞こえ、とろとろの膣襞がペニス全体を覆い尽くす。

朱色に染まった目元、しっとり濡れた唇。全身から発せられるムンムンとしたフェロモンには、早くもノックアウト寸前だ。

「はあぁ、いいわ……おチ×チン、硬くて、前より大きくなってる」

「勝手にイッたら、だめよ……中に出したら、もっとひどいお仕置きするから」

「あ、ううっ」

「あううっ」

痛い思いをするのはいやだが、新たな仕置きは受けてみたい気持ちもある。

腰をもどかしげにくねらせた直後、熟女はヒップを小さくバウンドさせ、まずはアイドリングピストンで怒張に刺激を吹きこんだ。

ぱちゅんぱちゅんと微かな肉擦れ音に続き、下腹部全体が甘美な感覚に包まれる。

「やぁ……入ってるとこが丸見え」

紗栄子が膝を立てて豊臀を揺すりあげると、瑠美はくぐもった声を洩らし、孝太郎の乳首を指先でこねまわした。

「くふぅ」

性電流が身を駆け抜け、思わず身を仰け反らせる。乳首で感じてしまうとは、美人姉妹は男の性感帯をすべて知り尽くしているようだ。

「ああっ、いいい、いいいっ！」

紗栄子は上ずった声をあげ、腰をしゃくっては膣肉を収縮させた。

彼女もよほど欲《ほっ》していたのか、ロングヘアを振り乱し、たわわに実った巨房をぶるんぶるん揺らす。

まったりした時間の中で、少年は射精願望を少しも抑えられず、絶頂への階段を一足飛びに駆けあがった。

「あ、も、もう……」

「やぁン、お姉ちゃん、孝太郎くん、イッちゃうって」

「あぁン、もうちょっと待って！」

「我慢しなくていいのよ。私だって、すぐにしたいんだから」

瑠美が耳元で囁いた瞬間、瞼の裏で白い火花が散り、膣の中のペニスがドクンと脈打った。

「あぁ、イクっ、イッちゃいます！」

放出の瞬間を訴えれば、紗栄子はすぐさまペニスを抜き取り、愛液まみれの肉幹を激しくしごきたおす。

孝太郎は身をよじりつつ、大口を開けて二度目のザーメンを吐きだした。

「イグっ、イッグぅうっ！」

「きゃん、また出たぁ！」

瑠美が嬌声を発するなか、亀頭の切れこみから放たれた樹液が自身の頭を飛び越える。二発目以降は首筋や胸元を打ちつけ、一度目に勝るとも劣らぬ放出ぶりに脳幹が痺れまくった。

「す、すごいわ……二度目なのに、こんなに出るなんて」

「キンタマの中に溜まったザーメン、全部出しちゃいなさい」

「あぁン、だめ……私の分も残しといて」

「ぐふっ、ぐふっ」

交感神経が麻痺し、二人の声が耳に届かない。孝太郎は大の字に寝転がったまま、壊れたバネ仕掛けのおもちゃのように身をひくつかせた。

「尿道の中に残ったスケベ汁も搾りだして……やンっ！」

紗栄子はペニスを根元からゆっくりしごきあげ、残滓が高々と跳ねあがる。

（あぁ……幸せ）

美熟女との情交の余韻を、今は何も考えずに味わっていたい。

素晴らしい肉の契りを満喫し、少年の口元にはうっすらと笑みさえ浮かんだ。

「次は、私だからね」

「きゃっ！」

妹が姉を押しのけて股間に貪りつくも、二回続けての大量放出にペニスはみるみる萎えていく。

「やぁぁン、どうしちゃったの？　まだ勃つでしょ⁉」

「ふふっ、あなたじゃ、その気にならないのかも」

「そんなことないわ！」

瑠美は柳眉《りゅうび》を逆立て、肉筒をしごき、はたまた咥えこんではがっぽがっぽと舐めしゃぶった。

紗栄子が女豹さながら這い寄り、悩ましげな微笑に胸が高鳴る。

「まだまだ、こんなものじゃないわよね？」

「あ、うっ……」

「精子を作るのは、得意なはずでしょ？」

「あ、あの……」

「覚悟しなさいね……今日は、キンタマの中が空っぽになるまで寝かせてあげないんだから」

「は、ふうぅっ」

淫靡で魅惑的な言葉がハートを貫き、獰猛な淫情が回復の兆しを見せた。

美熟女は再び胸を跨ぎ、すっかりほころびた女肉の花を迫りだす。

とろとろの肉びら、小指の爪大ほどに膨らんだクリトリス、じゅくじゅくと愛蜜を垂れ流す紅色の内粘膜。瞬きもせずに凝視すれば、南国果実の媚臭がふわんと漂い、狂おしげな思いに睫毛が震えた。

「いい？　全部飲むのよ」

「……え？」

「口を開けて」

眉根を寄せて仰ぎ見るも、言われるがまま口を開けば、紗栄子は指で膣口を押し拡げる。そして、肉の垂れ幕の中心にある小さな穴をひくひくさせた。

（ま、ま、まさかぁあぁぁっ!?）

アダルト動画で、何度も目にしたアブノーマルな光景が脳内スクリーンに映しだされる。やがてシュッという音とともに透明なしぶきが放たれ、コポコポと軽やかな音を立てて口中を満たしていった。

「あ、ふうっ」

塩味や苦味はそれほどなく、労せずして美熟女の聖水を喉の奥に流しこむ。

甘やかな体液は五臓六腑に沁みわたり、細胞のひとつひとつまで紗栄子と同化していく気分だった。

「うんぐっ、うんぐっ」

「ちょっと……何やってるの？」

異変に気づいた瑠美が身を起こし、眉をひそめて問いかける。

「おしっこ、飲ませてるのよ」

「え、ええっ！」

妹は首を伸ばして覗きこみ、少年の飲尿シーンに喜悦の声をあげた。

「やぁぁン、ホントに飲ませてるぅ！」

霊験《れいげん》あらたかとばかりに性欲のエネルギーがチャージされ、ペニスがムクムクと体積を増していく。

「あっ……大きくなってきたわ」

「変態ぼうやだもんね？　ほら、たっぷりお飲み」

命令口調が胸にズシンと響き、猛々《たけだけ》しい性衝動が内から迸った。

瑠美はここぞとばかりに大股を拡げ、屹立したペニスを膣内に招き入れる。

フルスロットルの腰振りに顔を歪めた刹那、排尿が途切れ、紗栄子が満足げな笑みを浮かべた。

「よく、全部飲めたわね」

「あ、あい」

「雫を、きれいに舐め取って……ズル剝けのおチ×チン、たっぷりかわいがってあげるから」

「あ、ああっ」

快感の乱気流に巻きこまれ、身も心も性の悦びに打ち震える。

美熟女が身を反転させて顔を跨がると、孝太郎は舌を突きだして聖水の名残《なごり》を清めていった。

「あぁン、あぁン！　ゴリゴリの勃起チ×ポもいいけど、こっちもいいわぁ！　すぐにイッちゃいそう!!」

「中出しさせちゃ、だめよ」

「あっ、お姉ちゃん……そんなとこ触ったら……く、ひぃぃぃぃぃっ！」

姉は愛のベルを指で掻き鳴らしたのか、妹が空気を切り裂くような嬌声を放つ。

とたんに媚肉が収縮し、ペニス全体を上下左右から締めつけた。

「あ、ぐっ、イグっ、イッちゃいます！」

「え、もうイッちゃうの？」

「待って！　もう少しで、私もイクから!!」

瑠美がバチンバチンと腰を打ち下ろし、性欲の塊が渦を巻きながら迫りあがる。

「イクっ、イクイクっ、イッちゃうぅンっ!!」

「ぼ、ぼくも、イキますっ!!」

恥骨が前後に振られた瞬間、ペニスが膣から抜き取られ、紗栄子が反り返る怒張に指を絡めてしごき倒した。

「いいわよ、白いミルク、全部出しちゃいましょうね」

「イクっ、イグっ……あ、おおおっ！」

熱い牡汁が体外に排出され、みたび快美の奔流に押し流される。

「あ、あぁン……すごい……また跳ねた」

「やだわ……三回目なのに、まだこんなに出るの？」

「お、おおっ、おおおっ」

地鳴りのような声を喉の奥から絞りだし、全身の筋肉を硬直させては至高の射精感に酔いしれる。

この充実感と幸福感を一分一秒でも長く……いや、永遠に味わっていたい。

（あぁ……最高だ、もう……死んでもいいかも）

孝太郎は愉悦にまみれたまま、天国に舞いのぼるような感覚にいつまでも浸っていた。

5

「ンっ……あっ、やっ、イクっ、イキそう」

怒張が子宮口を小突き、めくるめく快美に脳波が乱れる。成人男性と変わらぬ逞しい逸物と抽送に、紗栄子は甘ったるい声を発して身悶えた。

時刻は、午前二時。

少年が三回目の射精をしたあと、三人はベッドに移動し、ただれた淫情を延々とぶつけ合った。

すっかり盛りがついてしまったのか、孝太郎は放出しても萎えることなく、何度でも迫ってくる。回数をこなすごとに持続力が増し、真横に突きでた雁首でホットポイントをこれでもかとこすりあげてくるのだ。

挿入してから十分が経過していたが、少年は射精する気配を見せず、恥骨をガンガン打ちつけた。

このまま、イカされてしまうのか。

傍らで失神していた瑠美が頭を起こし、呆然とした目を向ける。

「この子……すごいわぁ。性獣みたい」

「はふっ、はふっ！」

「孝太郎くんだったら、AV男優になれるかも」

「し、知り合いの人がいるんだったら、紹介してくださいっ！　どうしても、AV男優になりたいんですっ！」

「お姉ちゃん、どうする？」

「はっ、はっ、わかったわ……十八歳になったらね……だから、もう堪忍して……あ、あぁあぁぁっ！」

「約束ですよ！」

少年は目をきらめかせ、怒濤のピストンで膣肉をほじくり返す。

バツンバツンと、恥骨のかち当たる音が室内に反響した。

弾けるように腰を引いては鋭い突きを見舞われ、快感の度合いがどんどん増していった。

切ない痺れが子宮を灼き、骨まで蕩けそうなバイブレーションに身を打ち揺する。

自分が仕掛けた淫らな行為の数々は、眠っている獅子を完全に起こしてしまったのかもしれない。

「お姉ちゃん、ひょっとして……イッちゃうの？」

「あ、あ、いやっ、イクっ、イクっ、イッちゃううぅっ!!」

紗栄子は孝太郎の首と胴に手足を絡め、恥骨を前後にぶるぶるとわななかせた。

官能の奈落に堕とされ、夫の龍一では決して味わえない絶頂感に色めき立つ。

「あ、ああ、ぼ、ぼくもイキます！」

いつもと変わらぬテノールボイスが耳に届いた瞬間、かわいい義理の息子は七回目の牡の証を膣の中にぶちまけた。

◎本作品の内容はフィクションであり、登場する個人名や団体名は実在のものとは一切関係ありません。

◉新人作品**大募集**◉

マドンナメイト編集部では、意欲あふれる新人作品を常時募集しております。採用された作品は、本人通知のうえ当文庫より出版されることになります。

【応募要項】未発表作品に限る。四〇〇字詰原稿用紙換算で三〇〇枚以上四〇〇枚以内。必ず梗概をお書き添えのうえ、名前・住所・電話番号を明記してお送り下さい。なお、採否にかかわらず原稿は返却いたしません。また、電話でのお問い合せはご遠慮下さい。

【送付先】〒一〇一‐八四〇五 東京都千代田区神田三崎町二‐一八‐一一 マドンナ社編集部 新人作品募集係

義母《ぎぼ》とその妹《いもうと》 むっちり熟女《じゅくじょ》の童貞仕置《どうていしお》き

二〇二二年 十二月 十日 初版発行

著者◉星名ヒカリ【ほしな・ひかり】

発行◉マドンナ社
発売◉二見書房
東京都千代田区神田三崎町二‐一八‐一一
電話 〇三‐三五一五‐二三一一(代表)
郵便振替 〇〇一七〇‐四‐二六三九

印刷◉株式会社堀内印刷所 製本◉株式会社村上製本所 落丁・乱丁本はお取替えいたします。定価は、カバーに表示してあります。

ISBN978-4-576-22169-4 ◉Printed in Japan

Madonna Mate